琦君散文精选

阅读，与最好的自己相遇

Qi
Jun
琦君®
著

为青少年读者
量身打造的经典读本

长江出版传媒｜崇文书局

图书在版编目（CIP）数据

琦君散文精选：青少版 / 琦君著. -- 武汉：崇文书局，2017.5（2024.1重印）
ISBN 978-7-5403-4386-6

Ⅰ. ①琦… Ⅱ. ①琦… Ⅲ. ①散文集－中国－当代
Ⅳ. ①I267

中国版本图书馆CIP数据核字（2017）第093577号

《琦君散文精选》，经权利人授权在中国大陆地区独家出版发行。

责任编辑：高　娟
责任校对：董　颖
责任印制：李佳超

琦君散文精选：青少版
Qi Jun Sanwen Jingxuan:Qingshao Ban

出版发行：长江出版传媒　崇文书局
地　　址：武汉市雄楚大街 268 号 C 座 11 层
电　　话：(027) 87680797　邮政编码　430070
印　　刷：中印南方印刷有限公司
开　　本：640mm×900mm　　1/16
印　　张：13
字　　数：100 千字
版　　次：2017 年 6 月第 1 版
印　　次：2024 年 1 月第 11 次印刷
定　　价：29.80 元

（如发现印装质量问题，影响阅读，请与承印厂调换）

目　录

／琦 君 散 文 精 选／

母亲的金手表

在静悄悄的清晨或午后，一个人坐在屋子里，
什么事都不做，只是"一往情深"地思念着母亲，
内心充满安慰和感谢。对我来说，
真是人生莫大的快乐，我常在心里轻声地说：
"妈妈，如果您现在还在世的话，
我们将是最知心的朋友啊！"

母亲的金手表

　　母亲那个时代，没有"自动表""电子表"这种新式手表，就连一只上发条的手表，对于一个乡村妇女来说，都是非常稀有的宝物。尤其母亲是那么俭省的人，好不容易父亲从杭州带回一只金手表给她，她真不知怎么个宝爱它才好。

　　那只圆圆的金手表，以今天的眼光看起来是非常笨拙的，可是那个时候，它是我们全村最漂亮的手表。左邻右舍、亲戚朋友到我家来，听说父亲给母亲带回一只金手表，都会要看一下开开眼界。母亲就会把一双油腻的手，用稻草灰泡出来的碱水洗得干干净净，才上楼去从枕头下郑重其事地捧出那只长长的丝绒盒子，轻轻地放在桌面上，打开来给大家看。然后眯起（近视眼）来看半天，笑嘻嘻地说："也不晓得现在是几点钟了。"我就说："您不上发条，早就停了。"母亲说："停了就停了，我哪有时间看手表？看看太阳晒到哪里，听听鸡叫就晓得时辰了。"我真想说："妈妈不戴就给我戴。"但我也不敢说，知道母亲绝对舍不得的。只有趁母亲在厨房里忙碌的时候，才偷偷地去取出来戴一下，在镜子里左照右照一阵又脱下来，小心放好。我也并不管它的长短针指在哪一时哪一刻。跟母亲一样，金手表对我们来说，不是报时，而是全家紧紧扣在一起的一种保证，一份象征。我虽幼小，却完全懂得母亲宝爱金手表的心意。

后来我长大了，要去上海读书。临行前夕，母亲泪眼婆娑地要把这只金手表给我戴上，说读书赶上课要有一只好的手表。我坚持不肯戴，我说："上海有的是既漂亮又便宜的手表，我可以省吃俭用买一只。这只手表是父亲留给您的最宝贵的纪念品啊！"因为那时父亲已经去世一年了。

我也是流着眼泪婉谢母亲这份好意的。到上海后不久，就由同学介绍熟悉的表店，买了一只价廉物美的不锈钢手表。每回深夜伏在小桌上写信给母亲时，就会看着手表写下时刻。我写道："妈妈，现在是深夜一时，您睡得好吗？枕头底下的金手表，您要时常上发条，不然的话，停止摆动太久，它会生锈的哟。"母亲的来信总是叔叔代写，从不提手表的事。我知道她只是把它默默地藏在心中，不愿意对任何人说的。

大学四年中，我也知道母亲身体不太好。她竟然得了不治之症，我一点都不知道，她生怕我读书分心，叫叔叔瞒着我。我大学毕业留校工作，第一个月薪水就买了一只手表，要送给母亲，也是金色的。不过比父亲送的那只江西老表要新式多了。

那时正值对日抗战，海上封锁，水路不通，我于天寒地冻的严冬，千辛万苦从旱路赶了半个多月才回到家中，只为拜见母亲，把礼物献上。没想到她老人家早已在两个月前，默默地逝世了。

这分锥心的忏悔，实在是百身莫赎。孔子说："父母在，不远游。"我是不该在兵荒马乱中，离开衰病的母亲远去上海念书的。她挂念我，却不愿我知道她的病情。慈母之爱，昊天罔极。几十年来，我只能努力好好做人，但又何能报答亲恩于万一呢？

我含泪整理母亲遗物，发现那只她最宝爱的金手表，无恙地躺在丝绒盒中，放在床边抽屉里。指针停在一个时刻上，但绝不是母亲逝世的时候。因为她平时就不记得给手表上发条，何况在沉重的病中！

手表早就停摆了，母亲也弃我而去了。有很长一段时间，我不忍心去开发条，拨动指针。因为那究竟是母亲在日，它为她走过的一段旅程，记下的时刻啊。没有了母亲以后的那一段日子，我恍恍惚惚的，只让宝贵光阴悠悠逝去。在每天二十四小时中，竟不曾好好把握一分一刻。有一天，我忽然省悟，徒悲无益，这绝不是母亲隐瞒自己病情，让我专心完成学业的深意，我必须振作起来，稳定步子向前走。

于是我抹去眼泪，取出金手表，开紧起发条，拨准指针，把它放在耳边，仔细听它柔和有韵律的嘀嗒之音。仿佛慈母在对我频频叮咛，心也渐渐平静下来。

我把从上海为母亲买回的表和它放在一起，两只表都很准确。不过都不是自动表，每天都得上发条。有时忘记上它们，就会停摆。

时隔四十多年，随着时局的紊乱和人事的变迁，两只手表都历尽沧桑，终于都不幸地离开了我的身边，不知去向了。

现在我手上戴的是一只普普通通的不锈钢自动表，式样简单，报时还算准确。但愿它伴我平平安安地走完以后的一段旅程吧！

去年我的生日，外子却为我买来一只精致的金表，是电子表。他开玩笑说我性子急，脉搏跳得快，表戴在手上一定也越走越快。而且我记性又不好，一般的自动表脱下后忘了戴回去，过一阵子就停了，再戴时又得校正时间，才特地给我买这个表，几年里都不必照顾它，也不会停摆，让我省事点。他的美意，我真是感谢。

自动表也好，电子表也好，我时常怀念的还是那只失落了的母亲的金手表。

有时想想，时光如真能随着不上发条就停摆的金手表停留住，该有多么好呢？

妈妈银行

小时候，常听大人们说"钱庄、钱庄"，心想钱庄就是专门装钱的一间屋子，一定是角子洋钱挤得满满的，像我家专门装谷子的谷仓一样。

有一回，一位住在城里的叔叔来乡下玩，我听他对母亲说："大嫂，你有钱该存银行，不要存钱庄。"母亲笑笑没有作声。

我问她："妈妈，钱庄和银行有什么两样？"

母亲很快地说："钱少的叫钱庄，钱多的叫银行。"

我又问："妈妈的钱为什么不存银行呢？"

她敲了下我的脑袋瓜说："我的钱都存在你的肚子里了。你不是要吃中段黄鱼和奶油饼干吗？那都要钱买的呀。"

我想想也对，就很感激地说："那么我以后的压岁钱都给妈妈买黄鱼和奶油饼干，妈妈的钱就好存银行了。"

母亲点点头说："走开走开，我忙着呢！你的压岁钱都给你买氢气球和鞭炮花光了，再等过年还早得很呢。"

于是我就把抽屉里、枕头底下所有的钱统统捧出来。有的是中间有个四方孔的铜钱，那是厨房里的五叔婆给的。旧兮兮的一点亮光没有，不值钱的，只能包在破布里当毽子踢。幸得有不少枚银角子。银角子有两种，小而薄的是小洋角子，要十二枚才换一块银洋钱。大的是大洋角子，十枚就可以换一块洋钱了。我数来数去，越数越糊涂，就一把抓给母亲说："妈妈，存在你那里。"母亲高兴地说："好，我是你的银行。"我一听到银行就高兴，仿佛钱放在银行里就会像白米饭似的，胀成满满一锅。母亲把我的钱放在针线盒的第二格，对我说："不许动，这就是妈妈的银行，要等凑满两块银洋钱，就给你去存钱庄。"

我马上说："我不要存钱庄，我要存银行。"

母亲说："钱庄就在镇上，我们可以自己走去，银行在城里，我一两年也难得去一回呀。"

我想起那个城里的叔叔，就说："那我们就请叔叔代存好吗？"

母亲想了一下，好像真有什么新主意似的，就去问五叔婆："你有钱没有？我们一起托阿叔存城里的银行好不好？"

五叔婆瘪瘪嘴说："我才不相信他呢！他一年到头香烟不离嘴，说不定会把我们的钱拿去买香烟抽。我不存，我宁可放在自己贴肉口袋里，最放心。"说着，她双手拍拍鼓起的粗腰，我知道她一年四季缠着的腰带里都是钱。

钱给了母亲，我得守信用不动用它。只能常常捧出针线盒，打开来摸摸数数，听听叮叮当当的声音。

有一次，乡长来捐款赈水灾，母亲从身边摸出五个银角子给他。我连忙问："这是你的还是我的？"

母亲说："当然是我的。对了，你也该捐一点呀！"

我起先有点舍不得，但想想赈灾是善事，"人要发挥广大的同情心"，老师说的。我就跑到楼上，从针线盒里拿出一个银角子，在手心里捏着，捏得热烘烘的，才万分不舍地递给乡长。他拍拍我的头说："好心有好报。"就收下了。

我得意地回头看看五叔婆，她横了我一眼，才慢吞吞地从腰带里挖出一个银角子。过了半天，再挖出一个，不言不语地递给乡长，乡长还没来得及说话呢，我马上抢着说："五叔婆，您好心有好报。"她再横了我一眼。我第一次觉得五叔婆心肠也是蛮好的。

妈妈的银行给我心理上一份安全感，觉得有妈妈作保，钱一定不会丢，不会少。尤其是，原该三十个铜板换一枚银角子的，我只要积到廿七八个，就要跟妈妈换银角子了。好开心啊，钱存不存银行都没关系，何况银行是个什么样，我根本不知道。妈妈的银行——那个针线盒，才是实实在在的。

也不知什么时候，母亲真把我的钱和她自己的钱都交给城里的叔叔去存银行了。我摇摇针线盒没有叮叮当当的声音了，总有点不放心，就对母亲说："我现在想想还是存在钱庄好，我们可以一同到镇上，自己存进去。"母亲说："你放心，叔叔有存折给我的，有多少都记在上面，少不了的。"我也就放心了。

又不知过了多久，有一天，母亲把折子拿给我的老师看，问他："这里面一共是多少钱？看我的心算跟总数合不合呢！"

老师看了下，奇怪地说："大嫂，你弄错了吧，这里面的钱都已取光啦。"

"你说什么？"母亲知道老师是正正经经的人，不会跟她开玩笑的，她已经在发抖了。"这是一本空折子，钱都一次次提光了。你是托谁存取的呀！"老师一脸的茫然。"是托阿叔的呀！只有一圆圆地存进去，从没取出来过，里，里面还有小春的钱呢。"

"没有了，老早没有了。你捏着的是一本空折子。"

我在一边马上大哭起来，跺着脚喊："妈妈，我要我的钱，叔叔拐了我的钱，他好坏，他是贼。"

我越哭越伤心，母亲脸都气白了。半晌才大声喝道："不要哭，也不许骂人。自己好好读书，多认几个字，把算盘学好，就不会给别人欺侮了。"

她已泪流满面，我只好忍住哭，拉着她的衣角说："妈妈，你也不要哭了。我们再从头来过。这回我们就把洋钱角子统统放在针线盒里，不要存银行，也不要存钱庄，把针线盒天天放在枕头边，就放心了。"

老师叹口气说："存银行存钱庄都一样，就是要托个可靠的人。小春，你要快快长大，帮你妈妈的忙。"

我心想，我已会背九九表，妈妈会心算，但又有什么用呢，钱已经没有了呀！我常常把九九表背得七颠八倒，母亲总带笑地纠正我。从那以后我不敢背了，怕她想起被叔叔拐走的钱会心痛。

我问她为什么不向叔叔算账，她说："女人家辛辛苦苦积蓄点私房钱，有什么好声张的？我那点只是从买菜和果谷子里省下来的。我若是跟他算账，他就会写信告诉你爸爸，算了吧，反正我也不花钱。"

我却是心中愤愤不平，山里的外公来时，母亲嘱咐我不要讲，我还是悄悄地一五一十告诉了外公。外公说："钱不花，放在针线盒里、枕头底下，跟存在银行里一样。小春，你以后还是把滚铜板、踢毽子赢来的钱统统给你妈妈，她喜欢听叮叮当当的声音，你也有新鲜黄鱼和奶油饼干吃，多好啊！"

因此，我还是最最喜欢那个可以捧在手里，摇起来叮当响的针线盒，我就叫它"妈妈银行"。

我长大以后，父亲把我带到杭州读中学。母亲有很长一段时间仍住在乡间，我就把压岁钱托人带回给她，随便她存钱庄还是仍放在"妈妈银行"里。我是希望她买点补品吃。

暑假回乡时，老师告诉我："你妈妈每回收到你的银洋钱，都要叮叮地敲一阵、凑在耳朵边听一阵，听了再敲，敲了再听，弄得五叔婆好羡慕，就怨她儿子不孝顺，没带银洋钱给她。"

我想起那个拐我们钱的城里叔叔，问母亲他后来怎样了。母亲叹口气说："他苦得很，讨了个城里的女人，两个人都抽上了大烟，连乡下的房子都卖掉了。"

我也十分感慨，一个不忠实的人，再加上恶疾，终归落得一生潦倒。

有一次他回到乡间来，母亲看他衣衫褴褛、鞋袜都前通后通了，忍不住就给他钱去买衣服。我想起当年母亲辛苦积蓄被他拐走的心痛神情，仍不免泫然。但母亲一点也不计较他对她的不诚实，反而在困难时再接济他。

好心的母亲啊！如果您是个百万富豪，真的开一家"妈妈银行"，您将会救济多少贫寒之人呢？

头发和麦芽糖

　　每次梳头发梳得不顺心，梳到右边偏偏翘向左边时，就直想拿把大剪子，"咔嚓"一下，把一绺不听话的头发剪下，也会马上想起满口甜甜软软的麦芽糖来。

　　麦芽糖跟头发有什么关系呢？是我贪吃麦芽糖，把它粘在头发上了吗？不是的，是因为小时候，我常常剪下头发换麦芽糖吃的。

　　每回听到卖糖的"咚咚咚"地摇着拨浪鼓来了，我就急急忙忙跑到后房，在母亲堆破烂的簸箩里掏，掏出破布、蜡烛头、旧牙刷、玻璃药瓶等，塞在口袋里，再急急忙忙跑到后门，统统捧给卖糖的老伯伯。他一样样当宝贝似的收下，然后用小铁锤在刀背上一敲，割下一片麦芽糖递给我。糖薄得跟纸似的，一放进嘴里，就贴在上腭的"天花板"上，让它慢慢融化，眼睛总是盯着那一大块圆圆的糖饼，舍不得走开，看他竹箩里塞满了乱七八糟的东西，都是用糖换来的。有一天，我问他："伯伯，你要这些东西做什么？"

　　"换钱呀！都是有用的东西啊！破布可以做拖把，搓绳子，蜡烛头也可以熔开来再做蜡烛，玻璃瓶卖回工厂去。"他摸摸我的头说，"头发和猪毛我也要，猪毛做刷子，头发结发网。"

这一下我有主意了。每回母亲梳头时，我都耐心地在边上等，等她梳完头，我就帮她把梳子上的头发一丝丝理下来，用纸包好，等着换糖吃。母亲看我变得这般勤快起来，还直高兴，岂知我是另有用心呢。

可是母亲的头发并没掉多少，要累积好多次才能换来一小片糖。我老是问："妈妈，您怎么不掉头发嘛？"母亲奇怪地说："你这个丫头，难道你要妈妈快点老呀？"我连忙说："不是的啦，是因为……"还是不说的好，怕母亲觉得不吉利，母亲的忌讳是很多的。

于是我想起自己一头猪鬃似的头发，又粗又硬，披到东边，翘到西边，好难看啊。就躲在房间里，对着镜子从里面剪下一撮，再把外面的盖下来，是看不出来的。可是一次次剪得多了，短头发就像茅草根似的冒出来。母亲看到了，觉得好奇怪，问我："你的头发怎么了？"我结结巴巴地说："太多了，好痒，剪掉一些。我看二婶也是这样从里面剪的。"她大笑说："傻瓜，二婶梳头，嫌头发太多不好梳。你是小孩子短头发，怎么能这样剪呢？再剪要变成瘌痢头了。"我只好供出来，是为了要换麦芽糖吃。母亲想了想说："不能再剪头发，我来找东西给他。"于是找出我小时候的旧衣服、鞋袜等，包在一起交给我，我好高兴啊！

卖糖的又摇着拨浪鼓来了，母亲叫我把东西给他，自己却又捧了一大碗满满的米，走到后门递给他："再给找一片，我要供佛。"老伯伯说："小妹妹，这一包东西就很多了，不要米了。"母亲说："要的，要的。这是大米，熬粥给孩子们吃才香呢。"

老伯伯切了三片厚厚的麦芽糖给我们，高高兴兴地走了。母亲望着他的背影说："那点破旧东西能换几个铜板呢？看他好辛苦啊！"

我咬了一口糖含在嘴里，另两块捧到佛堂里供佛。想起老伯伯接下母亲那一碗米时，脸上快乐的笑容，觉得嘴里的麦芽糖也格外香甜了。

毛衣

　　天冷了，我从箱子里又翻出那件藏青色毛衣，看看扣子已经掉了两粒，扣眼也豁裂了好几个。我把手指头套在破窟窿里，转来转去，想穿根线缝一下却打不起兴致，这件毛衣实在太旧，式样也太老了——又长又大地挂在身上，看去年纪都要老上10岁。想拆了却又万分舍不得，因为这是26年前，我给母亲织的，母亲只穿过一年就去世了。20多年来，我一直珍惜地保藏着这件毛衣，每年都穿着它过冬。为了它，我不知多少次背了老古董的名字。看看百货商店里挂着那么多的新式毛衣，也曾几次想买，而且还在店里试穿过，对着镜子前后左右地照，可是一想起还有这件藏青毛衣，就觉得不该再买新的了。

　　记起从前母亲常说的话："要节省啊！要记得你读这几年书不容易，心思放在学问上，不要把时间金钱浪费在不必要的东西上，妈是把你当个男孩子看的哟。"这几句话一直记在我心里，母亲已经不在了，我更不忍心不听她的教诲。

　　况且手头也确是没有余钱，所以还是决心不买，而且往后连眼睛也不再往橱窗里多望了。可是套上这件旧毛衣，对着镜子一照，心里又不免有点矛盾。看，多老气呀！还是把它拆了织个新样子吧，即使母亲在世，也不见得会不赞成吧。这是道地蜜蜂牌细毛线呢！现在买起来可不便宜，不好好利用它不可惜了吗！

说起蜜蜂牌细毛线，我不由得想起那一年去上海读书，母亲送我上船时说的话："小春，天太冷了，你戴孝又不能穿丝棉背心，到上海就买一磅蜜蜂牌细毛线——要真正蜜蜂牌的，这个牌子的毛线最软和。花几个钱，请人给你织一件毛衣穿在里面就暖和了。"母亲说话时紧紧捏着我冻得冰冷的手，可是我觉得母亲的手也不暖，被风吹得干枯的手背上隆起了青筋。那天母亲的脸显得特别苍白清瘦，也许是灰布罩袍和发边那朵白花的缘故吧！我心里想：母亲不该瘦得这么多，老得这样快啊！我眼圈儿一红，赶紧举手摸摸头发，把白绒花摘下来重新又别上去。母亲的眼光呆呆地看着我，舱门外来来往往的送行人和乘客，谁也没有注意这一对穿灰布袍子戴白绒花的母女。父亲去世才两个月，为了继续学业，不得不在兵荒马乱之时，远离母亲去人地生疏的上海读书。如果交通突然受阻的话，一年半载之内，还不知是否能回来探望母亲呢！

我的泪水终于扑簌簌地滚落下来。母亲也只是用手帕擦着眼睛，却低声劝慰我说："不要哭，出门要好好儿的，到了马上写信来。"母亲没说太多的话，只是帮我打开铺盖，把枕头拍得松松的，"你晕船要睡得高一点。"又把被子叠成一个小小的被筒，让我睡在里面裹得紧紧的。在家里，天气寒冷时，我每晚上床，都得由母亲这里那里地给我按紧被子，脚底下还压上一条毛毯。到了上海，我总觉得自己所叠的床被赶不上母亲那样的熨帖。

现在想想，我当时何必非要到上海去读书呢？母亲逐年衰弱的身体，她的心脏病，她的劳累和忧伤，都已告诉我，她可能随时会发生意外，我真不该离开她太远太久。可是，不知道为什么，当时我会把别离看得那么轻易，以致把母女相依的最后两年宝贵时光，都等闲误却了。

我捧着毛衣，把脸埋在里面，毛衣暖烘烘地似尚留有母亲身体的余温，我用手轻轻地揉弄着它，想起自己是怎么把它织起来的。记得那年到了上海，就请同学陪同在大新公司地下室买廉价毛线。蜜蜂牌要10块钱一磅，太贵了，同学介绍我一种6块钱一磅的三羊牌也很好。还记得招牌纸上印的两只小羊，偎在母羊的身边，是那么的逗人喜欢，我就买了一磅墨绿的。也没有找人，自己抽空织了。刚起一个头就想起母亲在船上送行时那只冰冷的手，我马上又改变主意，织成两件背心，母女一人一件，一磅绒线就刚好。可是给母亲的一件，足足从第一年冬天织到第二年的端午节前才完工——这样慢工又不能出细活的毛病，我自己想来就好笑。寒假里，我把毛背心带回家，双手捧给母亲说："妈，我们一人一件，三羊牌的毛线也不错，您穿穿看合适不？"母亲仔细地端详了一番说："倒是织得挺好，只是你何必给我织呢？我又不怕冷，也穿不惯这种打头上钻的新式样子。"母亲不喜欢套头的式样，我心里真失望。想把它拆了重织成对襟的，母亲却又把它收起来了。过阴历年，母亲天天蒸糕做饼的忙个不停，我也就没再提起毛衣的事。到我去上海的那一天早上，起床时，却见一件墨绿色的长袖套头毛衣熨得平平地放在被头上，我诧异地拿在手里，母亲却走过来笑着说："我把你给我的背心拆了，赶着两个通宵，把你的接上两支袖子，免得你两只胳膊冷。还剩下一支多线，你带回上海再织一双毛袜穿吧！"我心里明明是感激母亲对我无微不至的体贴，嘴里却偏偏使性地说："您为什么要拆掉那件背心呢？您不喜欢，我知道。我也不要穿，背心接出的袖子，绷得胳膊不舒服。"这话该是伤了母亲的心的，可是母亲只是唠叨地说："穿穿看，好歹对付一个冬，明年你有兴致就自己拆了重织。"

"拆来拆去，把绒线都拆坏了。"不知为什么我越说越止不住掉眼泪，母亲把我搂在怀里，摸着我的脸轻声地问："你怎么了，这么大人了，还是这个样儿。"

"妈，您太疼我，我心里难过。"我只说了这一句，就索性呜呜咽咽地哭起来了……

那是我最后一次伏在母亲怀里哭，最后一次由母亲给我梳好头发，别好白绒花，从那一次别离以后，我就没有再见到母亲了。

回到上海，我马上买了一磅道地的蜜蜂牌藏青毛线，一半是由于感激，一半是由于好胜地想给母亲一个惊奇，我开了几个夜车，一口气就织起一件前面钉扣子套在袄子外面的毛衣，赶着邮寄回家。这是我生平第一次这样快完成的一样工作。据姨妈告诉我，母亲收到毛衣真是兴奋，她穿在身上摸着、照着，让所有的亲戚朋友看她女儿的杰作。可是她并没有穿多少次，她舍不得穿，下厨房怕上灰，晒太阳怕掉色，只有早晚才套一下。难怪那时姨妈把毛衣交给我时，看看还是崭新的，这些年来，倒是我自己把它穿旧了。我没有了母亲，只保留了这件纪念品。以后每年冬天，我总穿着它，母亲的爱，好像仍旧围绕着我，我不能不怨姨妈和叔叔为什么不把母亲病危的消息告诉我。他们说那是母亲的意思，她不让我在毕业考试的时候分心，况且那时交通阻隔，单身女孩子绕路回家太危险了。她不愿她唯一的女儿冒这样大的险。可是她心里是多么想我回家见最后的一面，她朝着女儿的毕业照片，含着眼泪："若不是打仗，她考完就好回来了。"

记得我那时伏在母亲的灵前，痴痴呆呆地听姨妈说了许许多多母亲临终前的情形。我没有怎么哭，只是在想着两年前寒假回家匆匆度过二十几天的情景。我从未丝毫预感到那是我在母亲身边最后的二十多天。母亲那么忙，我不曾陪她说说话，或是替她做做事甚至倒一杯茶。寒冷的夜晚，我吃完饭老早钻进被窝，双脚伸过去，一个暖烘烘的热水袋已经给放好了，我满意地捧起小说，看一阵子就呼呼睡去了。在梦里我没有知觉到母亲一双冻僵的手在为一家忙来忙去，更没知觉到最后两个夜，母亲在为我赶织毛衣袖子。现在什么都已经来不及了，母亲丢下她忙不完的事，咽下了她吩咐不完的话去了。我抬头望着母亲的照片，母亲在对我微笑着。一对烛光在灵前摇晃着，香烟袅袅上升，棺木盖了一条红绸幛，原来母亲的灵柩已经移放在橘园一角的小祠堂里，看守橘园忠心耿耿的老头儿就住在后面，老头儿说："太太爱这座橘园，就让她在这儿，我也好早晚打扫上香。"

之后，我天天徘徊在这橘园里，橘子大了，我和老头儿摘下最大最红的供母亲，那一对红红的蜡烛照着红红的橘子，还有棺木上渐呈灰旧，然而仍旧刺目的大红绸幛，却衬得那间屋子红得寂寞而荒凉，使我直到现在看到大红的颜色，都会有一种不愉快的感觉。

我想着想着，昏昏沉沉地几乎入了梦境，不知什么时候，我已经躺在床上，枕头上又湿透了一大片泪水。我爬起来了，觉得背脊冷飕飕的，就把毛衣穿在身上，从镜子里面模模糊糊地仿佛望见自己七八年前在山城里穿着这件毛衣，给学生们上课的神态。那是一个隆冬的早晨，西北风卷着大朵的雪花。我套上毛衣，撑着一把沉甸甸的大伞，腋下夹着书，迎着扑面的风雪，困难地走过长长一段山路去上课。我紧紧地抓着毛衣的前襟，可是毛衣在大风雪中显得如此的单薄，母亲也似离我更远。雪花飘在脸颊上，凉冰冰，我感觉到睫毛上凝着水珠，却匀不出手去抹它。"让学生看见我眼睛鼻子红红的多不好，我得做出像个经得起风雪的样子哩！"我想。

走近课室，隔着雾气迷漫的玻璃窗，我似乎看见每一张脸都在冲着我望，我不由得一阵羞惭，连忙收起伞，挺直了腰肢走进课室。"对不起，我迟到了几分钟，下雪，路太滑不好走。"我抱歉地解释着，那个班长就站起来说道："您再不来，我们就要来看您了，因为我们想您也许又受凉了。"我感激地向她点点头，心里却越加抱歉自己时常因病缺课。我是太容易感冒发烧了。在简陋的山城里，发起烧来就只有喝姜茶蒙着被子闷汗，这还是母亲在我幼年时给我治病的老法子。可是那时候有母亲，什么都不必害怕。想着这些，站在讲台上讲书真有点恍恍惚惚心不在焉的样子，我拉了下毛衣，毛衣被风雪飘得潮潮的，显得特别长大，额前的短发也不时掉下来，我觉得自己的样子一定狼狈极了。下课铃一响，就赶紧回到宿舍，丢下书，躺在床上哭了。

"我那时为什么那么爱哭呢？"我对着镜子自问："现在，我就不会这么脆弱多感了。"我这样对自己说，因为这多年来，我经历的忧患多了，不会再为人们一句话，一个眼色而引起连绵不断的感触了。

还记得后来在另一个县立中学教书，寂寞的秋夜，矮墙下虫鸣唧唧，夜风吹着窗外的芭蕉，也吹卷起窗帘。在电力不足的昏黄灯光下，赶着批改学生的作业。我非常爱惜这份辛劳和宁静，有时眼皮困倦思睡，就站起来在屋里踱几圈，泡一盏清茶提提神，再继续工作。我身上就披着这件毛衣。我打开学生的日记，发现有一页写着："我们的语文老师，年轻轻地，却穿着一件藏青大毛衣，真像是我们一位慈爱的小保姆。"看到这里，我笑了。

这一件毛衣是母亲留给我唯一的纪念品。我穿起一根绒线，慢慢儿缝着破了的扣子眼。忽然想起用紫红绒线，沿着边缀上一道细花。这样不但别致，而且可以使它焕然一新，我就这样兴匆匆地做起绒花来了。

母亲

　　每当我把一锅香喷喷的牛肉烧成了焦炭，或是一下子拉上房门，却将钥匙忘在里面时，我就一筹莫展，只恨自己的坏记性，总是把家事搞得一团糟。这时，就有一个极柔和的声音，在耳边响起："小春，别懊恼，谁都会有这种可笑的情形。别尽着埋怨自己。试试看，再来过。"

　　那就是慈爱的母亲，在和我轻轻地说话。母亲离开人间已经三十五年，可是只要我闭上眼睛想她，心里喊着她，她就会出现在我眼前，微微摇摆着身体，慢慢儿走动着。在我的记忆里，母亲总是这么慢慢儿摇摆着，走来走去，从早做到晚，不慌不忙。她好像总不生气，也没有埋怨过别人或自己。有一次，她为外公蒸枣泥糕，和多了水，蒸成一团糯糊，她笑眯眯着说："不要紧，再来过。"外公却说："我没有牙，枣泥糊不是更好吗？"他老人家一边吃，一边夸不绝口。我想母亲的好性情一定是外公夸出来的。因此，我在懊丧时，只要一想到母亲说的"不要紧，再来过"，我就重整旗鼓，兴高采烈起来了。

在静悄悄的清晨或午后，一个人坐在屋子里，什么事都不做，只是"一往情深"地思念着母亲，内心充满安慰和感谢。对我来说，真是人生莫大的快乐，我常在心里轻声地说："妈妈，如果您现在还在世的话，我们将是最知心的朋友啊！"

母亲是位简朴的农村妇女，她并没有读过多少诗书。可是由于外公外婆的教导，和她善良的本性，她那旧时代女性的美德，真可作全村妇女的模范。我幼年随母亲住在简朴的乡间，对于"日出而作，日入而息"的农村生活，至今记忆犹新。

那时的乡间，没有电台、电视报时报气候。母亲每天清晨，东方一露曙光就起床。推开窗子，探头望天色，嘴里便念念有词："天上云黄，大水满池塘。靠晚云黄，没水煎糖。"她就会预知今天是个什么天气。如果忘了是什么节候，她就会在床头小抽屉中取出一本旧兮兮的皇历，眯着近视眼边看边念："正月立春雨水，二月惊蛰春分，三月清明谷雨……"我就抢着念下去，母亲说："别念那么多，还没到那节候呢。"

母亲用熟练的手法，把一条乌油油的辫子，在脑后盘成一个翘翘的螺丝髻，就匆匆进厨房给长工们做早饭。我总要在热被窝里再赖一阵才起来，到厨房里，看母亲掀开锅盖，盛第一碗热腾腾的饭在灶神前供一会儿，就端到饭桌上给我吃。饭盛得好满，桌上四四方方地排着九样菜，给长工吃的，天天如此。母亲说："要饱早上饱，要好祖上好。"她一定也要我吃一大碗饭。我慢吞吞地吃着，抬头看墙壁上被烟熏黄了的古老自鸣钟，钟摆有气无力地摆动着，灰扑扑的钟面上，指针突然会掉下一大截，我就喊："钟跑快了。"母亲从来也不看那口钟的，晴天时，她看太阳晒到台阶儿的第几档就知道是什么时辰了。雨天呢，她就听鸡叫。鸡常常是咚咚咚地绕在她脚边散步，她把桌上的饭粒攥在手心里，放到地上给鸡啄，母亲说饭就是珍珠宝贝，所以不许我在碗里剩饭。老师也教过我"谁知盘中餐，粒粒皆辛苦"的诗，我也知道吃白米饭的不容易。

做完饭，喂完猪，母亲就会打一木盆热水，把一双粗糙的手在里面泡一阵，然后用围裙擦干，手上的裂缝像一张张红红的小口，母亲抹上鸡油（那就是她最好的冷霜了），脸上露出满足的微笑，看看自己的手，因为这双手为她做了那么多事。我曾说："妈妈，阿荣伯说您从前的手好细好白，是一双有福气的玉手。"母亲叹息似的说："什么叫有福气呢？庄稼人就靠勤俭。靠一双玉手又有什么用？"我又说："妈妈，婶婶说你的手没有从前细了，裂口会把绣花丝线勾得毛毛的，绣出来的梅花喜鹊，麒麟送子，都没有从前漂亮了。"母亲不服气地说："那里？上回给你爸爸寄到北平去的那双绣龙凤的拖鞋面，不是一样的又光亮又新鲜吗？你爸爸来信不是说很喜欢吗？"

母亲在忙完一天的工作之后，总是坐在我身边，就着一盏菜油灯做活，织带子啦，纳鞋底啦，缝缝补补啦。亮闪的针在她手指缝中间跳跃着。我不由停下功课，看着她左手无名指上的赤金戒指，由于天天浸水洗刷，倒是晶亮的。那是父亲给母亲的订婚礼物，她天天戴在手上，外婆留给她的镶珍珠、宝石的戒指，都舍不得戴。于是我又想起母亲的朱红首饰箱来，索性捧出来一样样翻弄。里面有父亲从外国带回送她的一只金表，指针一年到头停在老地方，母亲不让我转发条，怕转坏了。每年正月初一，去庙里烧香，母亲才转了发条戴上，平常就放在盒子里睡觉，我说发条不转会长锈的，母亲说："这是你爸爸买给我最好的德国表，不会长锈的。"我又说："表不用，有什么意思。"母亲说："用旧了可惜，我心里有个表。"真的，母亲心里有个表，做事从不会错过时间。除了手表和宝石戒指外，就是哥哥和我两条刻着"长命富贵"的金锁片。我取出来通通挂在脖子上。母亲停下针线，凝视着金锁片说："怎么就没让你哥哥戴着去北平呢？"我就知道她又在想念在北平的哥哥了，连忙收回盒子里。

母亲对父亲真个是千依百顺，这不仅是由于她婉顺的天性，也因为她敬爱父亲，父亲是她心目中的奇男子。他跟别的男孩子不一样，说话文雅，对人和气，又孝顺父母。满腹的文章，更无与伦比。后来父亲求得功名，做了大官，公公婆婆都夸母亲命里有帮夫运，格外疼这个孝顺的儿媳妇了。

尽管母亲有帮夫运，使父亲在仕途上一帆风顺，她却一直自甘淡泊地住在乡间，为父亲料理田地、果园。她年年把最大的杨梅、桃子、橘子等拣出来邮寄到杭州给父亲吃，只要父亲的信里说一句"水果都很甜，辛苦你了"，母亲就笑逐颜开，做事精神百倍。母亲常说

"年少夫妻老来伴"，而她和父亲总是会少离多。但无论如何，在母亲心目中，父亲永远是他们新婚时穿宝蓝湖绉长衫的潇洒新郎。

我逐渐长大以后，也多少懂得母亲的心事，想尽量逗母亲快乐。但我毕竟是个任性的孩子，还是惹她生气的时候居多。母亲生气时，并不责备我，只会自己掉眼泪，我看她掉眼泪，心里抱歉，却又不肯认错。事实上，对我所犯的小小过错，母亲总是原谅的，而且给我改过以及再接再厉的机会。比如我不小心打破一个饭碗，她就会再给我一个饭碗去盛饭，严厉地说："这回拿好，打破了别吃饭。"如果因贪玩忘了喂猪，她就要我多做一件事以示惩罚。但我如犯了大错，她就再也不会纵容。她的态度是严厉的，话是斩钉截铁的，责备完以后，丢下我一个人去哭，非得我哭够了自己出来，她是不会理我的。

母亲像一潭静止的水，表面上从看不出激动的时候，她的口中，从不出恶毒之言，旁人向她打听什么，她就说："我不知道呀。"或是"我记性最坏，什么都忘了。"有人说长论短，或出口伤人，她就连连摇手说："可别这么说，将来进了阴间，阎王会将你舌头拉出来，架上牛耕田的啊！"我笑她太迷信。她说："别管有没有，一个人如不说好话，不做正当事，心里自会不平安，临终之时，就到不了西方极乐世界。"母亲的最后理想，就是往生西方极乐世界。她在烦恼悲伤时，都是以此自慰。她是位虔诚的佛教徒，自幼跟外公学了不少经，《金刚经》《弥陀经》，她都背得很熟，逢年过节不得不杀鸡猪，母亲就跪在佛堂里念大悲咒、往生咒。我看她一脸的庄严慈悲，就像一尊菩萨。还有每当她拿米和金钱帮助穷苦的邻居时，总是和颜悦色，喜溢眉梢。后门口小贩一声吆喝，母亲就去买鱼肉，从不讨价还价，外公摸着胡子得意地说："你妈小时候，我教过她朱伯庐先生治家格言，她真的做到了。"我听了外公的话，也到大厅里看屏风上的治家格言。"与肩挑贸易，毋占便宜；见贫苦亲邻，须加温恤。"母亲真的样样做到了。

母亲并没认多少字、读多少书，她的学识和许多忠孝节义的故事，都是从花名宝卷、庙会时的野台戏，以及瞎子的鼓儿词里学来的。她和婶母们一边做事，一边讲着故事，讲得有头有尾，这也是她最快乐的时光了。她说话时慢条斯理，轻声轻气，对于字眼的声音十分注意。有时讲究到咬文嚼字的程度，听来却非常有趣。比如数目中的"二"字，她一定说"一对"，显得吉利。"四"字呢，一定说"两双"。因为"四""死"同音，是非常非常忌讳的，尤其逢年过节或过生日的时候。数到"十一"，她就说："出头啦！"因为十一是个单数。又比如"没有"，她一定说"不有"，因为"没""殁"同音，是绝对不能说的。这都是她小时候外婆教她的。

冬天的夜晚，我躺在暖烘烘的被窝里，听母亲讲《宝卷》上"落难公子中状元，私订终身后花园"的故事。讲到男女相悦的爱情场面时，母亲双颊泛起红晕笑靥，仿佛是在叙述自己的恋爱故事呢。讲着讲着，她便会低低地唱起来，像吟诵一首古诗，声音十分悦耳。每一首词儿，我都耳熟能详，却是越听越想听。我至今牢牢记得她唱的

《十八岁姑娘》：

十八岁姑娘学抽烟，银打的烟盒儿金镶边。不好的烟丝她不要抽，抽的桔梗兰花烟。姑娘河边洗丝帕，丝帕漂水水生花。"撑船的哥儿帮我挑一把，今晚到小妹家里喝香茶。""我怎知姑娘住哪里？""朱红的门儿矮墙里，上有琉璃瓦，下有碧纱窗，小院角落里有株牡丹花。""姑娘呀！我粗糠哪配高粱米，粗布哪配细绸绫。""阿哥阿哥休这样讲，十个手指头伸出来有长短，山林树木有高低。"

现在看看这段词儿，当年农村里少男少女的恋爱，不也非常热情奔放吗？

月亮好的夜晚，母亲就为我唱《月光经》，她放下手中的活儿，双手合掌，一脸的肃穆神情，《月光经》的词儿是这样的：

太阴菩萨上东来，天堂地狱九层开。十万八千诸菩萨，诸位菩萨两边排。脚踏芙蓉地，莲花遍地开。头顶七层宝塔，月光婆婆世界。一来报答天和地，二来报答父母恩，三来报答阎罗天子地狱门。弟子诚心念一遍，永世不入地狱门。临终之时生净土，七祖九族尽超生。

母亲闭目凝神，念完一遍，俯身拜一拜。那分虔诚的尊敬，充分表现了母亲坚定的宗教信仰。其他还有《干菜经》《灶神经》，每一首经的音调，都给人一种沉静稳定的力量。每一首的词儿，也都令人回味无穷。例如《灶神经》中最精彩的句子："不论荤素口，万里去修行。八月初三卯时辰，手做生活口念经，一天念得三四卷，胜过家中积金银。黄金白银带不去，只带灶神一卷经。"细细咀嚼，使你安心知足。这也许就是母亲一生安贫守拙、淡泊自甘的主要原因吧！

母亲最后还是以一首《孩儿经》催我入梦：

孩儿孩儿经，亲生孩儿有套经，抱在怀中亲又亲。轻轻手儿放上床，轻轻脚儿下踏凳，轻轻手儿关房门。门外何人高声喊，摇摇手请莫高声。只怕孩儿受惊哭，只愁孩儿睡不沉。孩儿带到一周岁，衣衫件件破前襟。孩儿养到七八岁，请来老师教诗文。孩儿长到十七八，拜托媒人来说亲。娶了亲，结了婚，亲爹亲娘是路人。有话轻轻讲，莫让堂上爹娘得知音。爹娘吃素凭你面，没块豆腐到如今。娇妻怀胎未满三个月，买来橘饼又人参。爹娘你买块青丝帕，声声口口回无银。娇妻要买红丝帕，打开银包千两银。

《孩儿经》是我从襁褓之时听起，渐渐长大以后，听一回有一回的深切感受。父亲去世以后，我拜别母亲，去上学读书。孤孤单单住在学校宿舍里，无论是月白风清，或雨暗灯昏的夜晚，我总是拥着被子，一遍又一遍地念着《孩儿经》。感念亲情似海，不知何以为报，常常是眼泪湿透了半个枕头。

我虽远离母亲，求学他乡，而多年的忧患，使母女的心靠得更近。我也已成人懂事。想起母亲一生辛劳，从没享过一天清福，哥哥的突然去世，父亲的冷淡与久客不归，尤给予母亲锥心的痛楚，她发过心气痛，咯过血，却坚忍地支持过来。我常常想，究竟是什么力量使母亲挣扎着活下去的呢？是外公的劝慰吗？是她对菩萨虔诚的信赖吗？还是为了我这个爱女呢？我夜深靠在枕上读书，常常思绪纷乱，披着母亲为我编织的毛衣，到小小的天井里散步。那时因战事交通阻隔，一封家书常常要一两个月才到达。母亲每封由叔叔代笔的信，都告诉我她身体很硬朗，叫我专心学业。

我毕业以后赶回家中，母亲竟已不在人间。那片广阔寂寞的橘园，就是她暂时安息之所。她身前那么照顾那片果园，她去后，橘子依旧长得硕大鲜红。采下橘子供母亲的时候，不禁思绪潮涌。我打开她的首饰箱，取出那只金手表，指针停在一个时间上，但不知母亲最后一次转发条是在哪一天，哪一个时辰。对母亲来说，时间本来就是静止的，在她心里哪有什么春去秋来的时序之分呢？她全副心意都在丈夫和儿女身上，我相信父亲实在是深深地爱着母亲的，这就是她生活力量的泉源。

一对金手镯

我心中一直有一对手镯，是软软的赤金色，一只套在我自己手腕上，另一只套在一位异姓姐姐却亲如同胞的手腕上。

她是我乳娘的女儿阿月，和我同年同月生，她是月半，我是月底，所以她就取名阿月。母亲告诉我说：周岁前后，这一对"双胞胎"就被拥抱在同一位慈母怀中，挥舞着四只小拳头，对踢着两双小胖腿，吮吸丰富的乳汁。是因为母亲没有奶水，把我托付给三十里外乡村的乳娘，吃奶以外，每天一人半个咸鸭蛋，一大碗厚粥，长得又黑又胖，一岁半以后，伯母坚持把我抱回来，不久就随母亲被接到杭州。这一对"双胞姊妹"就此分了手。临行时，母亲把舅母送我的一对金手镯取出来，一只套在阿月的手上，一只套在我手上，母亲说："两姐妹都长命百岁。"

到了杭州，大伯看我像黑炭团，塌鼻梁加上斗鸡眼，问伯母是不是错把乳娘的女儿抱回来了。伯母生气地说："她亲娘隔半个月都去看她一次，怎么会错？谁舍得把亲生女儿给了别人？"母亲解释说：

"小东西天天坐在泥地里吹风晒太阳，怎么不黑？斗鸡眼嘛，一定是两个对坐着，白天看公鸡打架，晚上看菜油灯花，把眼睛看斗了，阿月也是斗的呀。"说得大家都笑了。我渐渐长大，皮肤不那么黑了，眼睛也不斗了，伯母得意地说："女大十八变，说不定将来还会变观音面哩。"可是我究竟是我还是阿月，仍常常被伯母和母亲当笑话谈论着。每回一说起，我就吵着要回家乡看双胞姊姊阿月。

七岁时，母亲带我回家乡，第一件事就是去看阿月，把我们两个人谁是谁搞个清楚。乳娘一见我，眼泪扑簌簌直掉，我心里纳闷，你为什么哭，难道我真是你的女儿吗？我和阿月各自依在母亲怀中，远远地对望着，彼此都完全不认识了。我把她从头看到脚，觉得她没我穿得漂亮，皮肤比我黑，鼻子比我还扁，只是一双眼睛比我大，直瞪着我看。乳娘过来抱我，问我记不记得吃奶的事，还絮絮叨叨说了好多话，我都记不得了。那时心里只有一个疑团，一定要直接跟阿月讲。吃了鸡蛋粉丝，两个人不再那么陌生了，阿月拉着我到后门外矮墙头坐下来。她摸摸我的粗辫子说："你的头发好乌啊。"我也摸摸她细细黄黄的辫子说："你的辫子像泥鳅。"她啜了下嘴说："我没有生发油抹呀。"我连忙从口袋里摸出个小小瓶子递给她说："呶，给你，香水精。"她问："是抹头发的吗？"我说："头发、脸上、手上都抹，好香啊。"她笑了，她的门牙也掉了两颗，跟我一样。我顿时高兴起来，拉着她的手说："阿月，妈妈常说我们两个换错了，你是我，我是你。"她愣愣地说："你说什么我不懂。"我说："我们一对不是像双胞胎吗？大妈和乳娘都搞不清楚是谁了，也许你应当到我家去。"她呆了好半天，忽然大声地喊："你胡说，你胡说，我不跟你玩了。"就掉头飞奔而去，把我丢在后门外，我骇得哭起来了。母亲跑来带我进去，怪我做客人怎么跟姊姊吵架，我愈想愈伤心，哭得抽抽噎噎地说不出话来。乳娘也怪阿月，并说："你看小春如今是官家小姐了多斯文呀。"听她这么说，我心里好急，我不要做官家小姐，我只要跟阿月好。阿月鼓着腮，还是好生气的样子。母亲把她和我都拉到怀里，捏捏阿月的胖手，她手上戴的是一只银镯子，我戴的是一双金手镯，母亲从我手上脱下一只，套在阿月手上说："你们是亲姊妹，这对金手镯，还是一人一只。"我当然已经不记得第一对金手镯了。乳娘说："以前那只金手镯，我收起来等她出嫁时给她戴。"阿月低下头，摸摸金手镯，它撞着银手镯叮叮作响，乳娘从蓝衫里掏了半天，掏出一个黑布包，打开取出一块亮晃晃的银圆，递给我说："小春，乳娘给你买糖吃。"我接在手心里，还是暖烘烘的，眼睛看着阿月，阿月忽然笑了。我好开心。两个人再手牵手出去玩，我再也不敢提"两个人搞错"那句话了。

　　我在家待到十二岁才再去杭州，但和阿月却不能时常在一起玩。一来因为路远，二来她要帮妈妈种田、砍材、挑水、喂猪，做好多好多的事，而我天天要背古文、论语、孟子，不能自由自在地跑去找阿月玩。不过逢年过节，不是她来就是我去。我们两个肚子都吃得鼓鼓的跟蜜蜂似的，彼此互赠了好多礼物：她送我用花布包着树枝的坑姑娘（乡下女孩子自制的玩偶）、小溪里捡来均匀的圆卵石、细竹枝编的戒指与项圈；我送她大英牌香烟盒、水钻发夹、印花手帕；她教我用指甲花捣出汁来染指甲。两个人难得在一起，真是玩不厌的玩，说不完的说。可是我一回到杭州以后，彼此就断了音信。她不认得字，不会写信。我有了新同学也就很少想到她。有一次听英文老师讲马克·吐温的双胞弟弟在水里淹死了，马克·吐温说："淹死的不知是我还是弟弟。"全课堂都笑了。我忽然想起阿月来，写封信给她也没有回音。分开太久，是不容易一直记挂着一个人的。但每当整理抽屉，看见阿月送我的那些小玩意时，心里就有点怅怅惘惘的。年纪一天天长大，尤其自己没有年龄接近的姊妹，就不由得时时想起她来。

母亲双鬓已斑，乳娘更显得白发苍颜。乳娘紧握我双手，她的手是那么的粗糙，那么的温暖。她眼中泪水又滚落，只是喃喃地说："回来了好，回来了好，总算我还能看到你。"我鼻子一酸，也忍不住哭了。阿月早已远嫁，正值农忙，不能马上来看我。十多天后，我才见到渴望中的阿月。她背上背着一个孩子，怀中抱着一个孩子，一袭花布衫裤，像泥鳅似的辫子已经翘翘地盘在后脑。原来十八岁的女孩已经是两个孩子的母亲了。我一眼看见她左手腕戴着那只金手镯。而我却嫌土气没有戴，心里很惭愧。她竟喊了我一声："大小姐，多年不见了。"我连忙说："我们是姊妹，你怎么喊我大小姐？"乳娘说："长大了要有规矩。"我说："我们不一样，我们是吃您奶长大的。"乳娘说："阿月的命没你好，她十四岁就做了养媳妇，如今都是两个女儿的娘了。只巴望她肚子争气，快快生个儿子。"我听了心里好难过，不知怎么回答才好，只得说请她们随我母亲一同去杭州玩。乳娘连连摇头说："种田人家哪里走得开？也没这笔盘缠呀。"我回头看看母亲，母亲叹口气，也摇了下头，原来连母亲自己也不想再去杭州，我感到一阵茫然。

当晚我和阿月并肩躺在大床上，把两个孩子放在当中，我们一面拍着孩子，一面琐琐屑屑地聊着别后的情形。她讲起婆婆嫌她只会生女儿就掉眼泪，讲起丈夫，倒露出一脸含情脉脉的娇羞，真祝望她婚姻美满。我也讲学校里一些有趣顽皮的故事给她听，她有时咯咯地笑，有时眨着一双大眼睛出神，好像没听进去。我忽然觉得我们虽然靠得那么近，却完全生活在两个世界里，我们不可能再像第一次回家乡时那样一同玩乐了。我跟她说话的时候，都得想一些比较普通，不那么文绉绉的字眼来说，不能像跟同学一样，嘻嘻哈哈，说什么马上就懂。我呆呆地看着她的金手镯，在橙黄的菜油灯光里微微闪着亮光。她爱惜地摸了下手镯，自言自语着："这只手镯，是你小时回来那次，太太给我的。周岁给的那只已经卖掉了。因为爸爸生病，没钱买药。"她说的太太指的是我母亲。我听她这样称呼，觉得我们之间的距离又远了，只是呆呆地望着她没作声。她又说："爸爸还是救不活，那时你已去了杭州，只想告诉你却不会写信。"她爸爸什么样子，一点印象都没有，只是替阿月难过。我问她："你为什么这么早就出嫁？"她笑了笑说："不是出嫁，是我妈叫我过去的。公公婆婆借钱给妈做坟，婆婆看着我还会帮着做事，就要了我。"说这些话的时候，她的眼睛一直半开半闭的，好像在讲一个故事。过了一会儿，她睁开眼来，看看我的手说："你的那只金手镯呢？为什么不戴？"我有点愧赧，讪讪地说："收着呢，因为上学不能戴，也就不戴了。"她叹了口气说："你真命好去上学，我是个乡下女人。妈说的一点不错，一个人注下的命，就像钉下的秤，一点没得翻悔。"我说："命好不好是由自己争的。"她说："怎么跟命争呢？"她神情有点黯淡，却仍旧笑嘻嘻的。我想如果不是自己一同吃她母亲的奶，她也不会有这种比较的心理，所以还是别把这一类的话跟她说得太多，免得她知道太多了，以后心里会不快乐的。人生的际遇各自不同，我们虽同在一个怀抱中吃奶，我却因家庭背景不同，有机会受教育。她呢？能安安分分，快快乐乐地做个孝顺媳妇，勤劳妻子，生儿育女的慈爱母亲，就是她一生的幸福了。我虽然知道和她生活环境距离将日益遥远，但我们的心还是紧紧靠在一起，彼此相通的。因为我们是"双胞姊妹"，我们吮吸过同一位母亲的乳汁，我们的身体里流着相同成分的血液，我们承受的是同等的爱。想着这些，我忽然止不住泪水纷纷地滚落。因为我即将回到杭州续学，虽然有许多同学，却没有一个曾经拳头碰拳头，脚碰脚的同胞姊妹。可是我又有什么能力接阿月母女到杭州同住呢？

　　婴儿哭啼了，阿月把她抱在怀里，解开大襟给她喂奶。一手轻轻拍着，眼睛全心全意地注视着婴儿，一脸满足的眼神。我真难以相信，眼前这个比我只大半个月的少女，曾几何时，已经是一位完完全全成熟的母亲。而我呢？除了啃书本，就只会跟母亲别扭，跟自己生气，我感到满心的惭愧。

阿月已很疲倦，拍着孩子睡着了。乡下没有电灯，屋子里暗洞洞的。只有床边菜油灯微弱的灯花摇曳着。照着阿月手腕上黄澄澄的金手镯。我想起母亲常常说，两个孩子对着灯花把眼睛看斗了的笑话，也想起小时回故乡，母亲把我手上一只金手镯脱下，套在阿月手上时慈祥的眼神，真觉得我和阿月是紧紧扣在一起的。我望着菜油灯灯盏里两根灯草芯，紧紧靠在一起，一同吸着油，燃出一朵灯花，无论多么微小，也是一朵完整的灯花。我觉得和阿月正是那朵灯花，持久地散发着温和的光和热。

阿月第二天就带着孩子匆匆回去了。仍旧背上背着大的，怀里搂着小的，一个小小的妇人，显得那么坚强那么能负重任。我摸摸两个孩子的脸，大的向我咧嘴一笑，婴儿睡得好甜，我把脸颊亲过去，一股子奶香，陡然使我感到自己也长大了。我说："阿月，等我大学毕业，做事挣了钱，一定接你去杭州玩一趟。"阿月笑笑，大眼睛润湿了。母亲忽然想起一件事来，急急跑上楼，取来一样东西，原来是一个小小的银质铃铛，她用一段红头绳把它系在婴儿手膀上，说："这是小春小时候戴的，给她吧。等你生了儿子，再给你打个金锁片。"母亲永远是那般仁慈、细心。

我再回到杭州以后，就不时取出金手镯，套在手臂上对着镜子看一回，又取下来收在盒子里。这时候，金手镯对我来说，已不仅仅是一件纪念物，而是紧紧扣住我和阿月这一对"双胞姊妹"的一样摸得着、看得见的东西。我怎么能不宝爱它呢？

可是战时肄业大学，学费无着，以及毕业后转徙流离，为了生活，万不得已中，金手镯竟被我一分分、一钱钱地剪去变卖，化作金钱救急。到台湾之初，我化去了金手镯的最后一钱，记得当我拿到银楼去换现款的时候，竟是一点感触也没有，难道是离乱丧亡，已使此心麻木不仁了？

与阿月一别已将半世纪，母亲去世已三十五年，乳娘想亦不在人间，金手镯也化为乌有了。可是年光老去，忘不掉的是点滴旧事，忘不掉的是梦寐中的亲人。阿月，她现在究竟在哪里？她过的是什么样的日子呢？她的孩子又怎样了呢？她那只金手镯还能戴在手上吗？

但是，无论如何，我心中总有一对金手镯，一只套在我自己手上，一只套在阿月手上，那是母亲为我们套上的。

妈妈的手

忙完了一天的家务，感到手膀一阵阵的酸痛，靠在椅子里，一边看报，一边用右手捶着自己的左肩膀。儿子就坐在我身边，他全神贯注在电视的荧光幕上，何曾注意到我。我说："替我捶几下吧！"

"几下呢？"他问我。

"随你的便。"我生气地说。

"好，五十下，你得给我五毛钱。"

于是他几拳在我肩上像擂鼓似的，嘴里数着"一、二、三、四、五……"像放连珠炮，不到十秒钟，已满五十下，把手掌一伸："五毛钱。"

我是给呢，还是不给呢？笑骂他："你这样也值五毛钱吗？"他说："那就再加五十下，我就要去写功课了。"我说："免了、免了，五毛钱我也不能给你，我不要你觉得挣钱是这样容易的事。尤其是，给长辈做一点点事，不能老是要报酬。"

他噘着嘴走了。我叹了口气，想想这一代的孩子，再也不同于上一代了。要他们鞠躬如也地对长辈杖履追随，已经是不可能的事。所以，作为二十世纪七十年代的中老年人，第一是身体健康，吃得下，睡得着，做得动，跑得快，事事不要依仗小辈。不然的话，你会感到无限的孤单、寂寞、失望、悲哀。

我却又想起，自己当年可曾尽一日做儿女的孝心？

从我有记忆开始，母亲的一双手就粗糙多骨的。她整日的忙碌，从厨房忙到稻田，从父亲的一日三餐照顾到长工的"接力"。一双放大的小脚没有停过。手上满是裂痕，西风起了，裂痕张开红红的小嘴。那时哪来像现在主妇们用的"萨拉脱、新奇洗洁精"等等的中性去污剂，洗刷厨房用的是强烈的碱水，母亲在碱水里搓抹布，有时疼得皱下眉，却从不停止工作。洗刷完毕，喂完了猪，这才用木盆子打一盆滚烫的水，把双手浸在里面，浸好久好久，脸上挂着满足的笑，这就是她最大的享受。泡够了，拿起来，拉起青布围裙擦干。抹的可没有像现在这样讲究的化装水、保养霜，她抹的是她认为最好的滋润膏——鸡油。然后坐在吱吱咯咯的竹椅里，就着菜油灯，眯起近视眼，看她的《花名宝卷》。这是她一天里最悠闲的时刻。微弱而摇晃的菜油灯，黄黄的纸片上细细麻麻的小字，就她来说实在是非常吃力，我有时问她："妈，你为什么不点洋油灯呢？"她摇摇头说："太贵了。"我又说："那你为什么不去爸爸书房里照着明亮的洋油灯看书呢？"她更摇摇头说："你爸爸和朋友们作诗谈学问。我只是看小书消遣，怎么好去打搅他们。"

她永远把最好的享受让给爸爸，给他安排最清净舒适的环境，自己在背地里忙个没完，从未听她发出一声怨言。有时，她真太累了，坐在板凳上，捶几下胳膊与双腿，然后叹口气对我说："小春，别尽在我跟前绕来绕去，快去读书吧。时间过得太快，你看妈一下子就已经老了，老得太快，想读点书已经来不及了。"

我就真的走开了，回到自己的书房里，照样看我的《红楼梦》《黛玉笔记》。老师不逼，绝不背《论语》《孟子》。我又何曾想到母亲勉励我的一番苦心，更何曾想到留在母亲身边，给她捶捶酸痛的手膀？

四十年岁月如梦一般消逝，浮现在泪光中的，是母亲憔悴的容颜与坚忍的眼神。今天，我也到了母亲那时的年龄，而处在高度工业化的现代，接触面是如此的广，生活是如此的匆忙，在多方面难以兼顾之下，便不免变得脾气暴躁，再也不会有母亲那样的容忍，终日和颜悦色对待家人了。

有一次，我在洗碗，儿子说："妈妈，你手背上的筋一根根的，就像地图上的河流。"

他真会形容，我停下工作，摸摸手背，可不是一根根隆起，显得又瘦又老。这双手曾经是软软、细细、白白的，从什么时候开始，它变得这么难看了呢？也有朋友好心地劝我"用个女工吧，何必如此劳累呢？你知道吗？劳累是最容易催人老的啊！"可不是，我的手已经不像五年前、十年前了。抹上什么露什么霜也无法使它们丰润如少女的手了。不免想，为什么让自己老得这么快？为什么不雇个女工，给自己多点休息的时间，保养一下皮肤，让自己看起来年轻些？

可是每当我在厨房炒菜，外子下班回来，一进门就夸一声"好香啊！"孩子放下书包，就跑进厨房喊："妈妈，今晚有什么好菜，我肚子饿得咕嘟嘟直叫。"我就把一盘热腾腾的菜捧上饭桌，看父子俩吃得如此津津有味，那一份满足与快乐，从心底涌上来，一双手再粗糙点，又算得了什么呢？

有一次，我切肉不小心割破了手，父子俩连忙为我敷药膏包扎。还为我轮流洗盘碗，我应该感到很满意了。想想母亲那时，一切都只有她一个人忙，割破手指，流再多的血，她也不会喊出声来。累累的刀痕，谁又注意到了？那些刀痕，不仅留在她手上，也戳在她心上，她难言的隐痛是我幼小的心灵所不能了解的。我还时常坐在泥地上撒赖啼哭，她总是把我抱起来，用脸贴着我满是眼泪鼻涕的脸，她的眼泪流得比我更多。母亲啊！我当时何曾懂得您为什么哭。

我生病，母亲用手揉着我火烫的额角，按摩我酸痛的四肢，我梦中都拉着她的手不放——那双粗糙而温柔的手啊！

如今，电视中出现各种洗衣机的广告，如果母亲还在世的话，她看见了"海龙""妈妈乐"等洗衣机，一按钮子，左旋转，右旋转，脱水，很快就可穿在身上。她一定会眯起近视眼笑着说："花样真多，今天的妈妈可真乐呢。"可是母亲是一位永不肯偷懒的勤劳女性，我即使买一台洗衣机给她，她一定连连摇手说："别买别买，按电钮究竟不及按人钮方便，机器哪抵得双手万能呢！"

可不是吗？万能的电脑，能像妈妈的手，炒出一盘色、香、味俱佳的菜吗？

母亲的书

母亲在忙完一天的煮饭，洗衣，喂猪、鸡、鸭之后，就会喊着我说："小春呀，去把妈的书拿来。"

我就会问："哪本书呀？"

"那本橡皮纸的。"

我就知道妈妈今儿晚上心里高兴，要在书房里陪伴我，就着一盏菜油灯光，给爸爸绣拖鞋面了。

橡皮纸的书上没有一个字，实在是一本"无字天书"。里面夹的是红红绿绿彩色缤纷的丝线，白纸剪的朵朵花样。还有外婆给母亲绣的一双水绿缎子鞋面，没有做成鞋子，母亲就这么一直夹在书里，夹了将近十年。外婆早过世了，水绿缎子上绣的樱桃仍旧鲜红得可以摘来吃似的。一对小小的喜鹊，一只张着嘴，一只合着嘴，母亲告诉过我，那只张着嘴的是公的，合着嘴的是母的。喜鹊也跟人一样，男女性格有别。母亲每回翻开书，总先翻到夹着最最厚的这一页。对着一双喜鹊端详老半天，嘴角似笑非笑，眼神定定地，像在专心欣赏，又像在想什么心事。然后再翻到另一页，用心地选出丝线，绣起花来。好像这双鞋面上的喜鹊樱桃，是母亲永久的样本，她心里什么图案和颜色，都仿佛从这上面变化出来的。

母亲为什么叫这本书为橡皮纸书呢？是因为书页的纸张又厚又硬，像树皮的颜色，也不知是什么材料做的，非常的坚韧，再怎么翻也不会撕破，又可以防潮湿。母亲就给它一个新式的名称——橡皮纸。其实是一种非常古老的纸，是太外婆亲手裁订起来给外婆，外婆再传给母亲的。

书页是双层对折，中间的夹层里，有时会夹着母亲心中的至宝，那就是父亲从北平的来信，这才是"无字天书"中真正的"书"了。母亲当着我，从不抽出来重读，直到花儿绣累了，菜油灯花也微弱了，我背《论语》《孟子》背得伏在书桌上睡着了，她就会悄悄地抽出信来，和父亲隔着千山万水，低诉知心话。

还有一本母亲喜爱的书，也是我记忆中非常深刻的，那就是触目惊心的《十殿阎王》。粗糙的黄标纸上，印着简单的图画。是阴间十座阎王殿里，面目狰狞的阎王、牛头马面，以及形形色色的鬼魂。依着他们在世为人的善恶，接受不同的奖赏与惩罚。惩罚的方式最恐怖，有上尖刀山，落油锅，被猛兽追扑等等。然后从一个圆圆的轮回中转出来，有升为大官或大富翁的，有变为乞丐的，也有降为猪狗、鸡鸭、蚊蝇的。母亲对这些图画好像百看不厌，有时指着它对我说："阴间与阳间的隔离，就只在一口气。活着还有这口气，就要做好人，行好事。"母亲常爱说的一句话是："不要扯谎，小心拔舌耕犁啊。""拔舌耕犁"也是这本书里的一幅图画，画着一个披头散发的女鬼，舌头被拉出来，剌一个窟窿，套着犁头由牛拉着耕田，是对说谎者最重的惩罚。所以她常拿来警告人。外公说十殿阎王是人心里想出来的，所以天堂与地狱都在人心中。但因果报应是一定有的，佛经上说得明明白白的啰。

母亲生活上离不了手的另一本书是皇历。她在床头小几抽屉里，厨房碗橱抽屉里，都各放一本，随时取出来翻查，看今天是什么样的日子。日子的好坏，对母亲来说是太重要了。她万事细心，什么事都要图个吉利。买猪仔，修理牛栏猪栓、插秧、割稻都要拣好日子。腊月里做酒、蒸糕更不用说了。只有母鸡孵出一窝小鸡来，由不得她拣在哪一天，但她也要看一下皇历。如果逢上大吉大利的好日子，她就好高兴，想着这一窝鸡就会一帆风顺地长大，如果不巧是个不太好的日子，她就会叫我格外当心走路，别踩到小鸡，在天井里要提防老鹰攫去。有一次，一只大老鹰飞扑下来，母亲放下锅铲，奔出来赶老鹰，还是被衔走了一只小鸡。母亲跑得太急，一不小心，脚踩着一只小鸡，把它的小翅膀采断了，小鸡叫得好凄惨，母鸡在我们身边团团转，咯咯咯的悲鸣。母亲身子一歪，还差点摔了一跤。我扶她坐在长凳上，她手掌心里捧着受伤的小鸡，又后悔不该踩到它，又心痛被老鹰衔走的小鸡，眼泪一直地流，我也要哭了。因为小鸡身上全是血，那情形实在悲惨。外公赶忙倒点麻油，抹在它的伤口，可怜的小鸡，叫声越来越微弱，终于停止了。母亲边抹眼泪边念往生咒，外公说："这样也好，六道轮回，这只小鸡已经又转过一道，孽也早一点偿清，可以早点转世为人了。"我又想起"十殿阎王"里那张图画，小小心灵里，忽然感觉到人生一切不能自主的悲哀。

皇历上一年二十四个节日，母亲背得滚瓜烂熟。每次翻开皇历，要查眼前这个节日在哪一天，她总是从头念起，一直念到当月的那个节日为止。我也跟着背："正月立春、雨水，二月惊蛰、春分，三月清明、谷雨……"但每回念到八月的白露、秋分时，不知为什么，心里总有一丝凄凄凉凉的感觉。小小年纪，就兴起"一年容易又秋风"的感慨。也许是因为八月里有个中秋节，诗里面形容中秋节月亮的句子那么多。中秋节是应当全家团圆的，而一年盼一年，父亲和大哥总是在北平迟迟不归。还有老师教过我《诗经》里的蒹葭篇："蒹葭苍苍，白露为霜，所谓伊人，在水一方。溯洄从之，道阻且长，溯游从之，宛在水中央。"我当时觉得"宛在水中央"不大懂，而且有点滑稽。最喜欢的是头两句。"白露为霜"使我联想起"鬓边霜"，老师教过我那是比喻白发。我时常抬头看一下母亲的额角，是否已有"鬓边霜"了。

母亲当然还有其他好多书。像《花名宝卷》《本草纲目》《绘图列女传》《心经》《弥陀经》等的经书。她最最恭敬的当然是佛经。每天点了香烛，跪在蒲团上念经。一页一页地翻过去，有时一卷都念完了，也没看她翻，原来她早已会背了。我坐在经堂左角的书桌边，专心致志地听她念经，音调忽高忽低，忽慢忽快，却是每一个字念得清清楚楚，正正确确。看她闭目凝神的那份虔诚，我也静静地坐着一动不动。念完最后一卷经，她还要再念一段像结语那样的几句。最末两句是"四十八愿渡众身，九品咸令登彼岸"。念完这两句，母亲宁静的脸上浮起微笑，仿佛已经渡了众身，登了彼岸了。我望着烛光摇曳，炉烟缭绕，觉得母女二人在空荡荡的经堂里，总有点冷冷清清。

《本草纲目》是母亲做学问的书。那里面那么多木字旁、草字头的字。母亲实在也认不得几个。但她总把它端端正正摆在床头几上，偶然翻一阵。说来也头头是道。其实都是外公这位山乡郎中口头传授给她的，母亲只知道出典都在这本书里就是了。

母亲没有正式认过字，读过书，但在我心中，她却是博古通今的。

母爱无边

    每次去一位朋友家，她八十余高龄的老母，总是用眼睛定定地望着我，伸手和我相握，用浓重的乡音说："你坐，你坐。"吃饭时，就殷殷招呼我，"你吃，吃。"

    朋友告诉我，她母亲的眼睛，只能看到模模糊糊的一点影子。耳朵也只能听到隐隐约约的声音。但是看她对客人的招呼，都好像耳聪目明得很，因为她非常喜欢女儿的朋友来。

    我们在楼下起居室欣赏平剧①录像带，朋友生怕我膝头冷，就拿了一块五彩缤纷的毛线大毯子，给我盖上。对我说："这是我妈妈年轻时亲手一针针钩的手工。她已经八十四了，毯子的颜色还是如此鲜艳。这条毯子，我一直从小盖到老。如今自己都当祖母了，每回盖着毯子看电视看书，就感温暖无比。"

    她又告诉我，老人家偌大年纪，虽然耳不聪、目不明，但每天下

---

    ①平剧：即京剧。北京曾名北平，故京剧曾称平剧。

午，家里人是否都已下班回来，她都清清楚楚。有一天大风雪，交通阻塞，孙儿迟迟未到家，她就一次次摸到门口焦急地等待。那一份倚闾之情，实在令人感动。

我们在地下室看电视，她竟多次摸下楼梯来，问我们要不要喝茶，肚子饿不饿。她女儿焦急地喊："妈妈，你怎么又下来啦，快回屋去睡嘛。"就起身扶她上楼去，她嘴里却一直在喃喃嘱咐着。

儿女们在母亲心中，真是永远长不大的孩子吗？她的关怀，她的担忧，是永无止境的吗？

我的另一位朋友，嫁给一位波兰籍的美国人。有一次陪了她婆婆来我家，我招待她吃了一顿比较别致的中国菜，她回去后念念不忘，来信谢了又谢。并送我一个波兰玩具娃娃。她信中说："波兰亡国后，我只回去过一次。看着满眼的凄冷苍凉，心里很难过。只在街角地摊上买了这个女娃娃，珍藏了整整十年了，现在把它送给你。真高兴认识你，也真高兴媳妇有你这位朋友。"

一片诚恳，流露于字里行间。最后她写道："儿子媳妇远去印尼以后，我心里很难过。我年纪大了，总希望他们不要远离，但为了儿子的前途，我总是表示得高高兴兴、健健康康的样子，以免他们不放心。其实我最近为整理园子花木，重重地摔了一跤，腰背受伤好痛。但请你千万不要告诉他们。以免他们记挂，我会照顾自己的。我只是在想，如果他们不远行，我就不用做这份沉重工作了。"

读到此，我不禁泫然泪下。但我在给她媳妇的信中，仍不敢提老人家跌跤受伤的事。只希望他们尽可能早点回来，以免老母盼望。

又有一位朋友，她的爱子在北卡罗里那工作，事忙假期不能回来，做母亲的却极盼见到儿子，她从来没开过从德拉瓦到北卡那么远的高速公路。她丈夫并不开车，却鼓励她去，他坐在她身边替她看地图、辨方向，他们顺利地开去又开回。在电话里她对我说："只是因为我一心想快快看到儿子，竟使我有勇气与体力开那样远的长途，而且是第一次，连我自己都不相信啊。"

三个故事告诉我们，这就是母爱，无边的母爱！

琦 君 散 文 精 选

粽子里的乡愁

多少个夏天在幻想中远去，不再回来。

而所有美丽的梦想，还留在我的心底，

像满天的星星，像飞舞的萤灯，

像落在夏天池塘里的翠绿的雨花。

我怀念你轻轻荡漾的金色的水波，

怀念你静静的天空和白色的倒影，

怀念你四野飘来的故乡的泥土和植物的芬芳啊……

粽子里的乡愁

异乡客地，越是没有年节的气氛，越是怀念旧时代的年节情景。

端阳是个大节，也是母亲大忙特忙、大显身手的好时光。想起她灵活的双手，裹着四角玲珑的粽子，就好像马上闻到那股子粽香了。

母亲包的粽子，种类很多，莲子红枣粽只包少许几个，是专为供佛的素粽。荤的豆沙粽、猪肉粽、火腿粽可以供祖先，供过以后称之为"子孙粽"。吃了将会保佑后代儿孙绵延。包得最多的是红豆粽、白米粽和灰汤粽。一家人享受以外，还要布施乞丐。母亲总是为乞丐大量的准备一些，美其名曰"富贵粽"。

我最最喜欢吃的是灰汤粽。那是用旱稻草烧成灰，铺在白布上，拿开水一冲。滴下的热汤呈深褐色，内含大量的碱。把包好的白米粽浸泡灰汤中一段时间（大约一夜晚吧），提出来煮熟，就是浅咖啡色带碱味的灰汤粽。那股子特别的清香，是其他粽子所不及的。我一口气可以吃两个，因为灰汤粽不但不碍胃，反而有帮助消化之功。过节时若吃得过饱，母亲就用灰汤粽焙成灰，叫我用开水送服，胃就舒服了。完全是自然食物的自然治疗法。母亲常说我是从灰汤粽里长大的。几十年来，一想起灰汤粽的香味，就神往同年与故乡的快乐时光。但在今天到哪里去找早稻草烧出灰来冲灰汤呢？

端午节那天，乞丐一早就来讨粽子。真个是门庭若市。我帮着长工阿荣提着富贵粽，一个个地分。忙得不亦乐乎。乞丐常常高声地喊："太太，高升点（意谓多给点）。明里去了暗里来，积福积德，保佑你大富大贵啊！"母亲总是从厨房里出来，连声说："大家有福，大家有福。"

乞丐去后，我问母亲："他们讨饭吃，有什么福呢？"母亲正色道："不要这样讲。谁能保证一生一世享福？谁又能保证下一世有福还是没福？福要靠自己修的。时时刻刻要存好心，要惜福最要紧。他们做乞丐的，并不是一个个都是好吃懒做的，有的是一时做错了事，败了家业。有的是上一代没积福，害了他们。你看那些孩子，跟着爹娘日晒夜露地讨饭，他们做错了什么，有什么罪过呢？"

母亲的话，在我心头重重地敲了一下。因而每回看到乞丐们背上背的婴儿，小脑袋晃来晃去，在太阳里晒着，雨里淋着，心里就有说不出的难过。当我把粽子递给小乞丐时，他们伸出黑漆漆的双手接过去，嘴里说着："谢谢你啊！"眼睛睁得大大的，看我一身的新衣服。他们有许多都和我差不多年纪，差不多高矮。我就会想，他们为什么当乞丐，我为什么住这样大房子，有好东西吃，有书读？想想妈妈说的，谁能保证一生一世享福，心里就害怕起来。

有一回，一个小女孩悄声对我说："再给我一个粽子吧。我阿婆有病走不动，我带回去给她吃。"我连忙给她一个大大的灰汤粽。她又说："灰汤粽是咬食的（帮助消化），我们没什么肉吃呀。"我听了很难过，就去厨房里拿一个肉粽给她，她没有等我，已经走得很远了。我追上去把粽子给她。我说："你有阿婆，我没有阿婆了。"她看了我半晌说："我也没有阿婆，是我后娘叫我这么说的。"我吃惊地问："你后娘？"她说："是啊！她常常打我，用手指甲掐我，你看我手上脚上都有紫印。"

听了她的话，我眼泪马上流出来了，我再也不嫌她脏，拉着她的手说："你不要讨饭了，我求妈妈收留你，你帮我们做事，我们一同玩，我教你认字。"她静静地看着我，摇摇头说："我没这个福分。"

她甩开我的手，很快地跑了。

我回来呆呆地想了好久，告诉母亲，母亲也呆呆地想了好久，叹口气说："我也不知道要怎样做才周全，世上苦命的人太多了。"

日月飞逝，那个讨粽子的小女孩，她一脸悲苦的神情，她一双吃惊的眼睛，和她坚决地快跑而逝的背影，时常浮现我心头，她小小年纪，是真的认命，还是更喜欢过乞讨的流浪生活。如果她仍在人间的话，也已是年逾七旬的老妪了。人世茫茫，她究竟活得怎样，活在哪里呢？

每年的端午节来临时，我很少吃粽子，更无从吃到清香的灰汤粽。母亲细嫩的手艺，和琐琐屑屑的事，都只能在不尽的怀念中追寻了。

春酒

　　农村的新年，是非常长的。过了元宵灯节，年景尚未完全落幕。还有个家家邀饮春酒的节目，再度引起高潮。在我的感觉里，其气氛之热闹，有时还超过初一至初五那五天新年呢。原因是：新年时，注重迎神拜佛，小孩子们玩儿不许在大厅上、厨房里，生怕撞来撞去，碰碎碗盏。尤其我是女孩子，蒸糕时，脚都不许搁住灶孔边，吃东西不许随便抓，因为许多都是要先供佛与祖先的。说话尤其要小心，要多讨吉利，因此觉得很受拘束。过了元宵，大人们觉得我们都乖乖的，没闯什么祸，佛堂与神位前的供品换下来的堆得满满一大缸，都分给我们撒开地吃了。尤其是家家户户轮流地邀喝春酒，我是母亲的代表，总是一马当先，不请自到，肚子吃得鼓鼓的跟蜜蜂似的，手里还捧一大包回家。

　　可是说实在的，我家吃的东西多，连北平寄来的金丝蜜枣、巧克力糖都吃过，对于花生、桂圆、松糖等等，已经不稀罕了。那么我最喜欢的是什么呢？乃是母亲在冬至那天就泡的八宝酒，到了喝春酒时，就开出来请大家尝尝。"补气、健脾、明目的哟！"母亲总是得意地说。她又转向我说："但是你呀，就只能舔一指甲缝，小孩子喝多了会流鼻血，太补了。"其实我没等她说完，早已偷偷把手指头伸在杯子里好几回，已经不知舔了多少个指甲缝的八宝酒了。

八宝酒，顺名思义，是八样东西泡的酒，那就是黑枣（不知是南枣还是北枣）、荔枝、桂圆、杏仁、陈皮、枸杞子、薏仁米，再加两粒橄榄。要泡一个月，打开来，酒香加药香，恨不得一口气喝它三大杯。母亲给我在小酒杯底里只倒一点点，我端着、闻着，走来走去，有一次一不小心，跨门槛时跌了一跤，杯子捏在手里，酒却全洒在衣襟上了。抱着小花猫时，它直舔，舔完了就呼呼地睡觉。原来我的小花猫也是个酒仙呢！

我喝完春酒回来，母亲总要闻闻我的嘴巴，问我喝了几杯酒。我总是说："只喝一杯，因为里面没有八宝，不甜呀。"母亲听了很高兴。她自己请邻居来吃春酒，一定给他们每人斟一杯八宝酒。我呢，就在每个人怀里靠一下，用筷子点一下酒，舔一舔，才过瘾。

春酒以外，我家还有一项特别节目，就是喝会酒。凡是村子里有人急需钱用，要起个会，凑齐十二个人，正月里，会首总要请那十一位喝春酒表示酬谢，地点一定借我家的大花厅。酒席是从城里叫来的，和乡下所谓的八盘五、八盘八（就是八个冷盘，五道或八道大碗的热菜）不同，城里酒席称之为"十二碟"（大概是四冷盘、四热炒、四大碗煨炖大菜），是最最讲究的酒席了。所以乡下人如果对人表示感谢，口头话就是"我请你吃十二碟"。因此，我每年正月里，喝完左邻右舍的春酒，就眼巴巴地盼着大花厅里那桌十二碟的大酒席了。

母亲是从不上会的，但总是很乐意把花厅给大家请客，可以添点新春喜气。花匠阿标叔也巴结地把煤气灯玻璃罩擦得亮晶晶的，呼呼呼地点燃了，挂在花厅正中，让大家吃酒时划拳吆喝，格外兴高采烈。我呢，一定有份坐在会首旁边，得吃得喝。这时，母亲就会捧一瓶她自己泡的八宝酒给大家尝尝助兴。

席散时，会首给每个人分一条印花手帕。母亲和我也各有一条，我就等于得了两条，开心得要命。大家喝了甜美的八宝酒，都问母亲里面泡的是什么宝贝。母亲得意地说了一遍又一遍，高兴得两颊红红的，跟喝过酒似的。其实母亲是滴酒不沾唇的。

不仅是酒，母亲终年勤勤快快的，做这做那，做出新鲜别致的东西，总是分给别人吃，自己却很少吃。人家问她每种材料要放多少，她总是笑眯眯地说："大约摸差不多就是了，我也没有一定分量的。"但她还是一样一样仔细地告诉别人。可见她做什么事，都有个尺度在心中的。她常常说："鞋差分、衣差寸，分分寸寸要留神。"

今年，我也如法炮制，泡了八宝酒，用以供祖后，倒一杯给儿子，告诉他是"分岁酒"，喝下去又长大一岁了。他挑剔地说："你用的是美国货葡萄酒，不是你小时候家乡自己酿的酒呀。"

一句话提醒了我，究竟不是道地家乡味啊。可是叫我到哪儿去找真正的家醅呢?

故乡的婚礼

　　我故乡风俗淳厚，生活简朴。只有在结婚典礼上，仪式的隆重，排场的讲究，真是和过新年一般无二。无论穷家富户，平时省吃俭用，遇到嫁女儿，娶儿媳妇，那就有多少，花多少，一点也不心疼。

　　嫁女儿当晚的酒席，称作"请辞嫁"。是做女儿的最后一顿在娘家吃饭。所以酒菜非常丰富，而且有一道菜必定是母亲亲手做的。（事实上，乡下人家的饭菜，都是母亲做的，只是办喜事的日子，忙不过来，才请短工帮忙。）做母亲的为女儿做这道菜，一边抹眼泪，一边嘴里念念有词，说的都是"早生贵子"，"五世其昌"等的吉利话。最后把一对用红绿丝线扎的生花生和几粒红枣、桂圆放在盘边，祝福女儿早生贵子。做着做着，一滴滴泪珠儿都落在那碟菜里，真是咸咸甜甜。做女儿的，还没吃到嘴里，泪珠儿也滴落下来了。在那个时代，我故乡的女孩子，十六、十七岁就是出嫁的年龄，离开母亲，到一个陌生人家对一个陌生妇人喊妈妈，当然是非常伤心，也非常害怕的，所以母女二人的眼泪就流个没完。有支歌儿是这样唱的：

"妈妈呀，今夜和你共被单，明天和你隔重山。左条岭，右条岭，条条山岭透天顶哟。妈妈呀，娘边的女儿骨边的肉，您怎么舍得这块肉啊！"

新娘子打扮停当，被伴娘扶到喜筵的首席上。这一晚，她是贵宾，父母都得坐在两旁次席相陪。伴娘坐在新娘旁边，每上一道菜，伴娘都得高唱："请吹打先生奏乐。新娘举筷啦！"举酒杯时也一样要喊。其实新娘心里悲悲切切，根本吃不下。快乐的是满桌的少女陪客，真是得吃得喝。尤其快乐的是伴娘，她从缎袄里取出个大口袋，把所有不带汤汤卤卤的菜全装进去，带回家可以吃好几天了。我家乡酒席最讲究的是八盘八，其次是八盘五。四周八样冷盘，四角是山楂糕、炀熟的虾或蛤子、剥开的橘子、油炸甜点心，另四样是白切肉、猪肝、鳗鱼鲞、笋片，中间八道或五道熟菜，最后一道一定是莲子红枣汤。家家如此，千篇一律，却是百吃不厌。客人们埋头吃菜，新娘子低头淌眼泪。伴娘说这叫作"多子多孙的风流泪"。是一定得流的。

辞嫁时，新娘穿的不是凤冠霞帔，而是像戏台上演貂蝉、红娘那种打扮。因为那是少女装。一嫁到夫家，脱下凤冠霞帔以后，就得穿短袄长裙的少妇装了。

新娘上花轿由弟弟妹妹或子侄扶进轿门。花轿一出大门，立刻把大门关上，要把风水关住，不要让新娘带走。妈妈再疼女儿，风水门仍旧不能不关。这真是："嫁出去的女儿，泼出去的水。"

　　娶儿媳妇的喜宴叫作"坐筵"。一坐起码两小时，这是为了要训练新娘子的忍耐心。花轿进了门，先在大厅里停上足足一小时，堂上高烧起红烛。然后新郎才开始理发、洗澡、换新衣。让新娘闷在花轿中苦等，也是为了要训练她的忍耐心。这段时间，孩子们都纷纷从花轿缝中伸手进去向新娘讨喜果，新娘的喜果必须准备得很丰富。给的时候，红枣、桂圆，每样起码得有一粒，否则人家就会讥讽新娘"小气鬼"。

　　坐筵的酒席也非常丰富，被请作"坐筵"客的一半是长辈，一半是年轻姑娘，姑娘必须长得十分标致。年龄十五六岁左右，已经定了亲，在半年内就要做新娘的最合适。我当时才十一二岁，长得明明是个塌鼻子斗鸡眼的丑小鸭，但因为是妈妈的独生女，她每次总是带我同去作"坐筵"席上的小贵宾。

　　我看其他姑娘们穿的最时髦的五彩闪花缎（在当年，闪花缎是一种最名贵的缎）。乌亮的辫子，扎上两寸长嵌金银丝的桃红或绿水丝线。有的两耳边盘两个髻，戴上珠翠，衣扣缀的是小电珠泡，电池放在口袋里，用手控制，一闪一闪的，看得我好羡慕。因为我的妈妈非常俭省，给我穿的是一件不发光的紫红铁机缎单旗袍，不镶不滚，那是她的嫁衣改的。改得又长又大，套在旧棉袍外面，像苍蝇套在豆壳儿里，硬邦邦稀里晃浪的，看去就是个十足的傻丫头。妈妈还说："铁机缎坚实。软扒扒的闪花缎哪比得上呢？"另外，妈妈又给我戴上一顶紫红色法兰西绒帽，是爸爸托人从北平带回来的。妈妈得意地说："刚好配上，再漂亮也没有了。"可是我没有闪光的丝带扎辫子，胸前没有珠花。我说法兰西帽子应当歪戴，妈妈说歪戴帽子不像个大家闺秀，要我把帽子端端正正顶在头上，我心里好委屈。可是无论如何，能够有资格"坐筵"，总是体面的。

在坐筵席上，新娘是不能动筷子的，说实在话，新娘刚刚到一个陌生家庭，眼泪得忍着，不能像在娘家时可以撒开的流，哪里还吃得下东西呢。陪新娘的姑娘们也不能多吃，尤其是两三个月内就要做新娘的，更得做出斯斯文文的样子，以免婆家亲友看了笑话。

拜堂当然也是一项重要节目，新郎新娘拜完天地、祖先、公婆以后，就要拜见长亲、宾客。一位位被司仪请了上去，新人双双跪拜，平辈的就是鞠躬。这个拜见礼，也足足要折腾上两小时，大厅外天井里热着柴火，愈旺愈好。鞭炮声此起彼落。礼堂上是雪亮如白昼的煤气灯。乐队不断地吹打各种喜乐。每个人脸上都笑得跟盛开的牡丹花似的，到处喜气洋洋。

父亲从北平回来以后，给我带回一件白缎绣紫红梅花的长旗袍。我穿了去参加喜宴，每个人的眼光都向我投来，我心里好得意。直到如今，我仍不胜怀念那件软缎的梅花旗袍，但我更怀念母亲用嫁衣改的紫红铁机缎罩袍，和那顶法兰西帽子。因为，那套行头，正象征我又憨又傻的童年，尤足以纪念节俭简朴的母亲。

桂花雨

中秋节前后，就是故乡的桂花季节。一提到桂花，那股子香味就仿佛闻到了。桂花有两种，月月开的称木樨，花朵较细小，呈淡黄色，台湾好像也有，我曾在走过人家围墙外时闻到这股香味，一闻到就会引起乡愁。另一种称金桂，只有秋天才开，花朵较大，呈金黄色。我家的大宅院中，前后两大片广场，沿着围墙，种的全是金桂。唯有正屋大厅前的庭院中，种着两株木樨、两株绣球。还有父亲书房的廊檐下，是几盆茶花与木樨相间。

小时候，我对无论什么花，都不懂得欣赏。尽管父亲指指点点地告诉我，这是凌霄花、这是叮咚花、这是木碧花……我除了记些名称外，最喜欢的还是桂花。桂花树不像梅花那么有姿态，笨笨拙拙的，不开花时，只是满树茂密的叶子，开花季节也得仔细地从绿叶丛里找细花，它不与繁花斗艳。可是桂花的香气味，真是迷人。迷人的原因，是它不但可以闻，还可以吃。"吃花"在诗人看来是多么俗气？但我宁可俗，就是爱桂花。

桂花，真叫我魂牵梦萦。

故乡是近海县份，八月正是台风季节。母亲称之为"风水忌"。桂花一开放，母亲就开始担心了，"可别做风水啊。"（就是台风来的意思。）她担心的第一是将收成的稻谷，第二就是将收成的桂花。桂花也像桃梅李果，也有收成呢。母亲每天都要在前后院子走一遭，嘴里念着，"只要不做风水，我可以收几大箩，送一斗给胡宅老爷爷，一斗给毛宅二婶婆，他们两家糕饼做得多"。原来桂花是糕饼的香料。桂花开得最茂盛时，不说香闻十里，至少前后左右十几家邻居，没有不浸在桂花香里的。桂花成熟时，就应当"摇"，摇下来的桂花，朵朵完整、新鲜，如任它开过谢落在泥土里，尤其是被风雨吹落，那就湿漉漉的，香味差太多了。

"摇桂花"对于我是件大事，所以老是盯着母亲问："妈，怎么还不摇桂花嘛？"母亲说："还早呢，没开足，摇不下来的。"可是母亲一看天空阴云密布，云脚长毛，就知道要"做风水"了，赶紧吩咐长工提前"摇桂花"，这下，我可乐了。帮着在桂花树下铺篾簟，帮着抱住桂花树使劲地摇，桂花纷纷落下来，落得我们满头满身，我就喊："啊！真像下雨，好香的雨啊。"母亲洗净双手，撮一撮桂花放在水晶盘中，送到佛堂供佛。父亲点上檀香，炉烟袅袅，两种香混合在一起，佛堂就像神仙世界。于是父亲诗兴发了，即时口占一绝："细细香风淡淡烟，竞收桂子庆丰年。儿童解得摇花乐，花雨缤纷入梦甜。"诗虽不见得高明，但在我心目中，父亲确实是才高八斗，出口成诗呢。

桂花摇落以后，全家动员，拣去小枝小叶，铺开在簟子里，晒上好几天太阳，晒干了，收在铁罐子里，和在茶叶中泡茶、做桂花卤，过年时做糕饼。全年，整个村庄，都沉浸在桂花香中。

念中学时到了杭州，杭州有一处名胜满觉垄，一座小小山坞，全是桂花，花开时那才是香闻十里。我们秋季远足，一定去满觉垄赏桂花。"赏花"是借口，主要的是饱餐"桂花栗子羹"。因满觉垄除桂花以外，还有栗子。花季栗子正成熟，软软的新剥栗子，和着西湖白莲藕粉一起煮，面上撒几朵桂花，那股子雅淡清香是无论如何没有字眼形容的。即使不撒桂花也一样清香，因为栗子长在桂花丛中，本身就带有桂花香。

我们边走边摇，桂花飘落如雨，地上不见泥土，铺满桂花，踩在花上软绵绵的，心中有点不忍。这大概就是母亲说的"金沙铺地，西方极乐世界"吧。母亲一生辛劳，无怨无艾，就是因为她心中有一个金沙铺地、玻璃琉璃的西方极乐世界。

我回家时，总捧一大袋桂花回来给母亲，可是母亲常常说："杭州的桂花再香，还是比不得家乡旧宅院子里的金桂。"

于是我也想起了在故乡童年时代的"摇花乐"，和那阵阵的桂花雨。

桂花卤·桂花茶

　　家乡老屋的前后大院落里，最多的是桂花树。一到八九月桂花盛开的季节，那岂止是香闻十里，简直是全个村庄都香喷喷的呢。古人说："金风送爽，玉露生香。"小时候老师问我怎么解释，我就信口地说："桂花是黄色的，秋天里，桂花把风都染成黄色了，所以叫作金风。滴在桂花上的露珠，当然是香的，所以叫玉露生香。"老师点头认为我胡诌得颇有道理哩。

　　母亲却能把这种桂花香保存起来，慢慢儿地享受，那就是她做的桂花卤、桂花茶。

　　桂花有银桂、金桂二种，银桂又名木樨，是一年到头月月开的，所以也称月月桂。花是淡黄色的，开得稀稀落落的几撮，深藏绿叶之中，散发着淡淡的清香，似有若无。老屋正厅庭院中与书房窗外各有一株。父亲于诵经吟诗之后，总喜欢命我端把藤椅坐在走廊上，闻闻木樨的清香，说是有清心醒脾之功。所以银桂的香味在我心中留下特别深刻的印象。在台北时，附近巷子里有一家院墙里有一株，轻风送来香味时，就会逗起我思念故乡与亲人。

与银桂完全不同的是金桂，开的季节却是中秋前后。金黄色的花，成串成球，非常茂密，与深绿色的叶子相映照，显得很壮观。但是开得快，谢得也快。一大阵秋雨，就纷纷零落了。母亲不像父亲那样，她可没空闲端把椅子坐下来闻桂花香，她关心的是金桂何时盛开，潇潇秋雨，何时将至。母亲称之为秋霖，总要抢在秋霖之前摇下来才新鲜。因为一被雨水淋过，花香就消失了。不像银桂，雨打也不容易零落，次日太阳一照，香气又恢复了。所以父亲说木樨是坚忍的君子，耐得起风雨，金桂是赶热闹的小人，早盛早衰。母亲却不愿委屈金桂，她说银桂是给你闻的，金桂是给你吃的，不是一样的好吗？什么君子小人的！

摇桂花对母亲和我来说，是件大事，其忙碌盛况就跟谷子收成一般。摇桂花那一天，必须天空晴朗，保证不会下雨。一大早，母亲就在最茂盛的桂花树上，折二枝供在佛堂里与祖先神位前，那一份虔敬，就仿佛桂花在那一天就要成仙得道似的。

太阳出来晒一阵以后，长工就帮着把簸箩铺在桂花树下，团团围住。然后使力摇着树干，花儿就像落雨似的落在箩子上。我人矮小，力气又不够，又不许踩到箩子里，只有站在边上看；一阵风吹来，桂花就纷纷落在我头上、肩上，我就好开心。世上有这样可爱喷香的雨吗？父亲还作了首诗说"花雨缤纷入梦甜"。真的是到今天回味起来，都是甜的呢。

摇下来好多蕈的桂花，先装在篓里。然后由母亲和我，还有我的小朋友们，一同把细叶子、细枝、花梗等拣去，拣净后看去一片金黄，然后在太阳下晒去水分。待半干时就用瓦钵装起来，一层糖（或蜂蜜），一层桂花，用木瓢压紧装满封好，放在阴凉处：一个月后，就是可取食的桂花卤了。过年做糕饼是绝对少不了它的，平常汤圆、糯米粥等，挑一点加入也清香提神。桂花卤是越陈越香的。

母亲又把最嫩的明前或前茶焙热，把去了水汽半干的桂花和入，装在罐中封紧，茶叶的热气就把桂花烤干，香味完全吸收在茶叶中。这是母亲加工的做法，一般人家从我们家，讨了桂花就只将它拌入干的茶叶中，桂花香就不能被吸收，有的甚至烂了。可见什么东西都得花心思，有窍门的。剩下的，母亲就用作枕头芯子，那真合了诗人说的"香枕"了。

母亲日常生活，十二分简朴，唯有泡起桂花茶叶来，是一点不节省的。她每天在最忙碌之时，都要先用滚水沏一杯浓浓的桂花茶，放在案头，边做事边闻香味，到她喝茶时，水已微凉了。她一天要泡两次桂花茶，喝四杯。她说桂花茶补心肺，菊花茶清肝明目，各有好处。她还边喝边唱："桂花经，补我心，我心清时万事兴。万事兴，虔心拜佛一卷经。"喝过的茶叶，她都倒在桂花树下，说是让花叶都归根。母亲真真是通晓大自然道理的"科学家"呢。

杭州有个名胜区叫满觉，盛产桂花。八九月间，桂花盛开时，也正是栗子成熟季节。栗树就在桂树林中，所以栗子也有桂花香味。我们秋季旅行时，在桂花林中的摊位上坐下来，只要几枚铜板，就可买一碗热烫烫的西湖白莲藕粉煮的桂花栗子羹。那嫩栗到嘴便化，真是到今天都感到齿颊留芳。林中桂花满地，踩上去像踩丝绒地毯上。母亲说西方极乐世界有"玻璃琉璃，金沙铺地"。我想那金沙哪有桂花的软，桂花的香呢。

故乡的桂花，母亲的桂花卤，桂花茶，如今都只能于梦寐中寻求了。

青灯有味似儿时

相信人人都爱念陆放翁的两句诗："白发无情侵老境，青灯有味似儿时。"尤其我现在客居海外，想起大陆的两个故乡，和安居了将近四十年的第三个故乡台北，都离得我那么遥远。一灯夜读之时，格外的缅怀旧事。尤不禁引发我"青灯有味"的情意。而想起儿童时代两位难忘的人物。

白姑娘

我家乡的小镇上，有一座小小的耶稣堂，一座小小的天主堂。由乡人自由地去做礼拜或望弥撒，母亲是虔诚的佛教徒，当然两处都不去。但对于天主堂的白姑娘，却有一分好感。因为她会讲一口地道的家乡土话，每回来都和母亲有说有笑，一边帮母亲剥豆子，理青菜，一边用家乡土音教母亲说英语："口"就是"牛"，"糟糕"就是"狗"，"拾得糖"就是"坐下"，母亲说："番人话也不难讲嘛！"

我一见她来，就说："妈妈，番女来了。"母亲总说："不要叫她番女，喊她白姑娘嘛。"原来白姑娘还是一声尊称呢。因她皮肤白，夏天披戴雪白一身道袍，真像仙女下凡呢。

母亲问她是哪一国人，她说是英国人。问她为什么要出家当修女，又漂洋过海到这样的小地方来，她摸着念珠说："我在圣母面前许下心愿，要把一生奉献给她，为她传播广大无边的爱，世上没有一件事比这更重要了。"我听不大懂，母亲显得很敬佩的神情，因此逢年过节，母亲总是尽量地捐献食物或金钱，供天主堂购买衣被等救济贫寒的异乡人。母亲说："不管是什么教，做慈善好事总是对的。"

阿荣伯就只信佛，他把基督教与天主教统统叫作"猪肚教"，说中国人不信洋教。尽管白姑娘对他和和气气，他总不大理她，说她是代教会骗钱的，总是叫她番女番女的，不肯喊她一声白姑娘。

但有一回，阿荣伯病了，无缘无故的发烧不退，郎中的草药服了一点没有用，茶饭都不想很多天，人愈来愈瘦。母亲没了主意，告诉白姑娘，白姑娘先给他服了几包药粉，然后去城里请来一位天主教医院的医生，给他打针吃药，病很快就好了。顽固的阿荣伯，这才说："番人真有一手，我这场病好了，就像脱掉一件破棉袄一般，好舒服。"以后他对白姑娘就客气多了。

白姑娘在我们镇上好几年，几乎家家对地都很熟。她并不勉强拉人去教堂，只耐心又和蔼地挨家拜访，还时常分给大家一点外国货的炼乳、糖果、饼干等等，所以孩子们个个喜欢她。她常教我们许多游戏，有几样魔术，我至今还记得。那就是用手帕折的小老鼠会蹦跳；折断的火柴一晃眼又变成完整的；左手心握紧铜钱，会跑到右手心来。如今每回做这些魔术哄小孩子时，就会想起白姑娘的美丽笑容，和母亲全神贯注对她欣赏的快乐神情。

尽管我们一家都不信天主教，但白姑娘的友善亲切，却给了我们母女不少快乐。但是有一天，她流着眼泪告诉我们，她要回国了，以后会有另一位白姑娘再来，但不会讲跟她一样好的家乡土话，我们心里好难过。

母亲送了她一条亲手绣的桌巾，我送她一个自己缝的土娃娃。她说她会永远怀念我们的。临行的前几天，母亲请她来家里吃一顿丰富的晚餐，她摸出一条珠链，挂在我颈上，说："你妈妈拜佛时用念珠念佛。我们也用念珠念经。这条念珠送你，愿天主保佑你平安。"我的眼泪流下来了。她说："不要哭，在我们心里，并没有分离。这里就是我的家乡了。有一天，我会再回来的。"

我哭得说不出话来。她悄悄地说："我好喜欢你。记住，要做一个好孩子，孝顺父母亲。"我忽然捏住她手问她："白姑娘，你的父母亲呢？"她笑了一下说："我从小是孤儿，没有父母亲。但我承受了更多的爱，仰望圣母，我要回报这份爱，我有着满心感激。"

这是她第一次对我讲这么深奥严肃的话，却使我非常感动，也牢牢记得。因此使我长大以后，对天主教的修女，总有一分好感。

连阿荣伯这个反对"猪肚教"的人，白姑娘的离开，也使他泪眼汪汪的，他对她说："白姑娘，你这一走，我们今生恐怕不会再见面了，不过我相信，你的天国，同我们菩萨的天堂是一样的。我们会再碰面的。"

固执的阿荣伯会说这样的话，白姑娘听了好高兴。她用很亲昵的声音喊了他一声："阿荣伯，天主保佑你，菩萨也保佑你。"

我们陪白姑娘到船埠头，目送她跨上船，一身道袍，飘飘然地去远了。

以后，我没有再见到这位白姑娘，但直到现在，只要跟小朋友们表演那几套魔术时，总要说一声："是白姑娘教我的。"

白姑娘教我的，不只是有趣的游戏，而是她临别时的几句话：要做个好孩子，好好孝顺父母……我要回报这份爱，我有着满心的感激。

岩亲爷

我家乡土话称干爹为"亲爷"，干儿子为"亲儿"。那意思是"跟亲生父子一样的亲，不是干的"。这番深厚的情意，至今使我念念不忘故乡那位慈眉善目，却不言不语的岩亲爷。

岩亲爷当然不姓岩，因为没有这么一个姓。但也不是正楷字"严"字的象形或谐音姓严。有趣的是岩亲爷并不是一个人，而是一位神仙。

这位神仙不姓严，却姓吕，就是八仙里的吕洞宾。

吕洞宾怎么会跑到我家乡的小镇住下来，做孩子们的亲爷？那就没哪个知道了。我问母亲，母亲说："神仙嘛，有好多个化身，飘到哪里，就住到哪里呀。"问阿荣伯，阿荣伯说："我们瞿溪风水好呀，给神仙看中了。"问到外公，外公说："瞿溪不只风景好，瞿溪的男孩子聪明肯读书，吕洞宾伯伯读书人，就收肯读书的男孩子做亲儿。亲儿越收越多，就索性住下来了，因此地方上给他盖了个庙。"

这座庙是奇奇怪怪的，没有门，也没有围墙。却是依山傍水，建筑在一块临空伸出的岩石上，就着岩石，刻了一尊道袍方巾，像戏台上诸葛亮打扮的神像，那就是吕洞宾。神龛的后壁，全是山岩，神龛前面是一块平坦的岩石，算是正殿。岩石伸向半空，离地面约有三丈多高。下面有一个潭，潭水只十余尺深，却是清澈见底。因为岩上的涓涓细流，都滴入潭中，所以潭水在秋冬时也不会枯涸。村子里讲究点的大户人家，都到这里来挑一担潭水，供煮饭泡茶之用。神仙赐的水是补的，孩子喝了会长生，会聪明。

庙是居高临下的，前面就是那条主流瞿溪。溪水清而浅。干旱的日子，都露出潭底的沙石来，溪上有十几块大石头稀稀疏疏搭成的"桥"，乡下人称之为"丁步"，走过丁步，就到热闹的市中心瞿溪街，岩亲爷闹中取静，坐在正殿里，就可一目了然地观赏街上熙来攘往的行人，与在丁步上跳来跳去的小孩。这里实在是个风景很奇怪的地方，若是现在，可算得是个名胜观光区呢。

庙其实非常的小，至多不过三四十坪。里面没有和尚，也没有掌管求签问卜的庙祝，因此庙里香火并不旺盛，平时很少人来，倒成了我们小孩子玩乐的好地方。我常常对母亲说："妈，我要去岩亲爷玩儿啦。""岩亲爷"变成了一个地方的名称了。母亲总是吩咐："小姑娘不许爬得太高，只在殿里玩玩就好了。"但玩久不回来，母亲又担心我会掉到殿下面的潭里去，就叫阿荣伯来找我。我和小朋友们一见阿荣伯来了，就都往殿后两边的石阶门上爬，越爬越高，一点也不听母亲的话，竟然爬到岩亲爷头顶那块岩石上去了。阿荣伯好生气，把我们统统赶下来，说吕洞宾伯伯会生气，会把我们都变成笨丫头。

我们心里想想才生气呢！因为吕洞宾伯伯只收男生当亲儿，不收女生当亲女，这是不公平的。其实这种不公平，明明是村子里人自己搞出来的。凡是哪家生的第一个宝贝男孩子都要拜神仙做亲爷。备了香烛，去庙里礼拜许愿。用红纸条写上新生孩子的乳名，上面加个岩字，贴在正殿边的岩壁上。神仙就收了他做亲儿，保佑他长命富贵。大人们叫自己的孩子，都加个岩字，岩长生、岩文源、岩振雄……听起来，有的文雅、有的威武，好不令人羡慕。

有一回，我们几个女孩子也偷偷把自己的名字上面加个岩字，写了红纸条贴在岩石上，第二天都掉了。阿荣伯笑我们女孩子没有资格，吕洞宾伯伯不收。其实是我们用的糨糊不牢，是用饭粒代替的，一干自然就掉了。

我认为自己也是"读书人"，背了不少课古文，怎么没资格拜亲爷，气不过，就在神像前诚心诚意地拜了三拜，暗暗许下心愿说：

"有一天我一定要跟男孩子一般地争气，做一番事业，回到家乡，给你老人家修个大庙。你可得收全村的女孩子做亲女儿哟！"

慈眉善目的神仙伯伯，只是笑眯眯不说一句话。但我相信他一定听见我的祝告，一定会成全我的愿望的。

我把求神仙的事告诉外公，外公摸摸我的头说："要想做什么事，成什么事业，都在你自己这个脑袋里。你也不用怨男女不平等。你心里敬爱岩亲爷，他就是你的亲爷了。"因此我也觉得自己是岩亲爷的女儿了。

离开故乡，到杭州念中学以后，就把这位"亲爷"给忘了。大一时，因避日寇再回故乡，才想起去岩亲爷庙巡礼一番。仰望岩亲爷石像，虽然灰土土的，却一样是满脸的慈祥，俯瞰潭水清澈依旧，而原来热闹街角那一分冷冷清清，顿然使我感到无限的孤单寂寞。

那时，慈爱的外公早已逝世，母亲忧郁多病，阿荣伯也已老迈龙钟。旧时游伴，有的已出嫁，有的见了我都显得很生疏的样子。我踽踽凉凉地一个人在庙的周围绕了一圈，想起童年时在神前的祝告，我不由得又在心里祈祷起来："愿世界不再有战乱残杀，愿人人安居乐业，愿人间风调雨顺。"

阿荣伯坐在殿口岩上等我，我扶着他一同踩着溪滩上的丁步回家，儿时在此跳跃的情景都在眼前。阿荣伯说："你如今读了洋学堂，哪里还会相信岩亲爷保佑我们。"我连忙说："我相信啊，外公说过，只要心里敬爱仙师，他就永远是你的亲爷，我以后永不会忘记的。"阿荣伯叹口气说："你不会忘记岩亲爷,不会忘记家乡就好,能常常回来就好。人会老,神仙是不会老的,他会保佑你的。"

我听着听着,眼中满是泪水。

再一次离家以后,我就时常地想起岩亲爷,想起那座小小的、冷冷清清的庙宇,尤其是在颠沛流离的岁月里。我不是祈求岩亲爷对我的佑护,而是岩亲爷庙里,曾有我欢乐童年的踪影。"岩亲爷"这个亲昵的称呼,是我小时候常常喊的,也是外公、母亲和阿荣伯经常挂在嘴上念的。

我到老也不会忘记那位慈眉善目,不言不语,却是纵容我爬到他头顶岩石上去的岩亲爷。

口粮饼干

在一家食品店里看到一种饼干，土土的包装，硬硬厚厚的片子，纸上印着"滋养口粮"四个字。我如获至宝似的买了两包。付钱的时候，老伴眯起眼睛看看价钱才五毛九，不屑地说："买这种土里土气的便宜饼干做什么？有奶油椰子香味的多好吃！"我说："你不懂。土饼干才好。含奶油的不宜老年人吃，带化学香料的更有碍健康。我就是爱这'口粮'二字，充满了原始的乡村味。"

他摇摇头，认为我是个不可救药的"原始人"不懂得享受现代文明之福。他又说："一口气买两包，看你怎么吃得完？"我说："你放心，吃不完可以捣碎了改做松饼。比任何甜得发腻的美国蛋糕好吃。这也是Recycle（回收利用）呀！"好容易学到一个英文字，就适时地应用起来，自觉得意非凡。

一到家，就迫不及待地拆开饼干纸包，抽一片尝尝，他好奇地问："怎么样？一定很难吃吧。"我得意地说："才好吃呢，有一股淡淡的清香。"他又摇摇头说："你是好恶拂人之性。要嘛，就是你饿了，饥者易为食也。"最近他潜心读古书。好喜欢抛文。

我边啃饼干边琅琅地念起包装纸上印的字："登山、行军、露营、防台，急难必备。""独特风味，老少咸宜。"真是越看越欢喜，越吃越滋味，在一旁的他却是越听越生气。

平心而论，饼干并没什么独特风味，但是比起我所尝过超级市场里五花八门饼干来，真是清淡可口多了。尤其是那"口粮"二字，土气得可爱。因为它使我想起童年时代，母亲给我做的香脆麦饼。有趣的是，那时母亲也叫麦饼为"口粮"。她说："口粮是急难时救命的宝贝。我特地做来供菩萨后给你吃。保佑你长命百岁，小孩子不要多吃油油的馅儿饼、甜甜的豆沙饼，把嘴吃刁了，福也享尽了，不好。要多吃清淡的，清淡有清淡的味道。"我还吃不出清淡有什么味道，但母亲正正经经说的这句话倒是记住了。

后来父亲把我带到杭州，进中学读书。最疼我的马弁胡云皋，常常在口袋里摸出几个干干硬硬的饼给我说："这是行军吃的口粮，你带到学校去，肚子饿了就啃，越啃越有味。"我好喜欢，分给同学们都很爱吃。有一个同学却翘起鼻子说："什么味道嘛？哪像我姐夫从天津带来的奶油饼干好吃？"我生气地说："什么稀奇？那种洋里洋气的饼干，急难时救不了命的。"我们还为此赌气，好几天彼此不理睬呢。

在上海念大学时，女生宿舍附近有一家北方饺子店，不远处又有个卖山东锅饼的小摊位，我们几个同学下课回来，饥肠辘辘时经过饺子店门口，锅贴的香味实在引诱人。但除非是考试后为了相互慰劳，才舍得进去合资饱餐一顿。平时总是在那小摊子上买一大块山东锅饼，配一包油炸花生米，回宿舍各人手捧一杯热开水，坐下来慢慢地啃，也觉得别有滋味。

直到如今，我愈来愈怀念当年那种简朴的学生生活，尤其怀念的是母亲为我做的"口粮麦饼"，才深深体会得她说的那句话："要多吃清淡的，清淡有清淡的味道。"

因此那天看到口粮饼干，就像他乡遇故知似的亲切。一下子就爱上了它包装朴实，口味的清淡。外出时带几片在手提袋里，饥饿时有救急之功。心理上也有一份安全感。吃口粮饼干有如与淡如水的君子相交，可以患难相依。

有一次我们外出时，他说："怎么肚子有点饿呢？有什么吃的没有？"我一声不响，递给他一片口粮饼干。他边吃边赞美："挺香的呢！"我笑笑说："大概就是你所谓的饥者易为食吧。"这一回，他却由衷地说："确实是清淡香脆，怪不得你喜欢。"

我又想起当年慈母说的话："清淡有清淡的味道。"

这也许就是母亲之所以能终一生都淡泊自甘吧！她老人家若能健在至今，尝到这种口粮饼干，一定会高兴地说："真好吃，很像我做的口粮麦饼呢。"

月光饼

也许是我故乡特有的一种月饼。每到中秋，家家户户及商店，都用红丝带穿了一个比脸盆还大的月光饼，挂在屋檐下。廊前摆上糖果，点起香烛，和天空的一轮明月，相映成趣。月光饼做得很薄，当中央上一层稀少的红糖，面上撒着密密的芝麻。供过月亮以后，拿下来在平底锅里一烤，掰开来吃，真是又香又脆。月光饼面积虽大，分量并不多，所以一个人可以吃一个，我总是首先抢到大半个，坐在门槛卜慢慢儿地掰开嚼。家里亲友们送来的月光饼很多，每个上面都有一张五彩画纸，印的是"嫦娥奔月""刘备招亲""西施拜月"等等的图画，旁边还印有说明。我把这些五彩画纸抽下来，要大人们给我讲上面的故事。几年的收藏积蓄，我有了一大叠。长大以后，我还舍不得丢掉，时常拿出来看看，还把它钉成一本，留作纪念。

我有一个比我只大两岁的表姑，她时常在我家度过中秋节，她喜欢吃月光饼。有一次，她拿了三张五彩画纸要跟我换一个饼，我要她五张，她不肯，两个人就吵起来。她的脸很大很扁，面颊上还长了不少雀斑。我指着她的脸说："你还吃月光饼！再吃，脸长得更大更扁，雀斑就跟饼上的芝麻那么多了。"这句话真伤了她的心，就掩面哭泣起来，把一叠画纸撕成片片地扔掉，我也把月光饼扔在地上，用脚一踩，踩得粉碎，心里不免又心疼又后悔，也就哇的一声哭起来。母亲走来狠狠地训我一顿，又捧了个刚烤好的月光饼给表姑，表姑抹去眼泪，看看饼，抬眼望着母亲问道："表嫂，你说我脸上的雀斑长大以后会好吗？"母亲抚着她的肩说："你放心吧！女大十八变，变张观音面①。你越长大，雀斑就越隐下去了。"母亲又说又笑："你多拜拜月亮菩萨，保佑你长得美丽。月光饼供过月亮，吃了也会使你长漂亮的。"表姑半信半疑地摸着月光饼上的芝麻，和我两个人呆愣愣地对望了好一会儿，她忽然掰下半个饼递给我说："我们分吧！我跟你要好。"我看看地上撕碎了的画纸与踩烂的饼屑，感激万分地接过饼，跟表姑手牵手悄悄地去后院里，恭恭敬敬地向天上的月亮拜三拜，我们都希望自己长大了都有一张观音面。

　　表姑长大以后，脸上的雀斑不但没有隐去，反而更多了。可是婚后夫妻极为恩爱，她生的两个女儿，都出落得玫瑰花儿似的，我们见面时谈起幼年抢吃月光饼和拜月亮的事情，她笑笑说："月亮菩萨还是听我的祷告的。我自己脸上的雀斑虽然是越来越多，而她却保佑我有一对美丽的女孩子。"

---

　　①观音面：在这里指端庄美丽的容貌。

　　台湾是产糖的地方，各种馅儿的月饼，做的比大陆上更腻口②，想起家乡的月光饼，那又香又脆的味儿好像还在嘴边呢！

　　中秋节，一年又一年，来了又过去，什么时候回家乡去吃月光饼呢？

---

②腻口：因太甜或油腻不想多吃。

灯影旧情怀

春节已近尾声，而几天来清晨与傍晚，左右前后噼噼啪啪的鞭炮声，仍然此起彼落的，不绝于耳。新年的气氛还是这般浓厚。我望着长桌上一对红蜡烛。那是"分岁烛"，也是"风水烛"，大除夕祭祖时点过两个钟头。按当年母亲的规矩，五天新年中每晚都得点燃一下。点过正月初五，才谨慎小心地用金纸包了收在抽屉里，十五元宵节再取出来点。嘴里还念念有词地说："风水烛，风水足哪！"

可是如今年兴已淡的我，竟一直忘了再点。前儿忽然停电，才又把它们点起来。红红的光影，顿时照得心头温暖生春。那么索性等点过元宵节再收起来吧。

故乡的新年，从十二月廿三送灶神开始，一直要热闹到十五，滚过龙灯，吃过汤团，才算落幕。这样长的年景，对我这个只想逃学、不肯背"诗云子曰"的顽皮童子来说，实在是太棒太棒了。

择日"解冬"（送冬祭祖），大部分在十二月廿七八深夜。我是女孩子，没有资格在那样的大典中拜祖宗，而且早已困得东倒西歪，抱着小猫咪趴在灶下的柴堆里睡着了。可是大年夜的"点喜灯"工作，却是我的专利。吃完晚饭以后，阿荣伯就把山薯平均地切成一块块，把香梗也平均地折成一段段，插在上面；再打开一大包细细的红蜡烛，叫我帮忙，一根根套在香梗上，装在大竹篮里，由我拎着，他一手提灯笼，一手牵着我到各处点喜灯。前后院的大树下，大门的门神脚边、走廊里、谷仓门前、厨房水缸边……统统都点了摆好。整个大宅院都红红亮亮、喜气洋洋起来。可惜蜡烛太小，风又太大，等我们兜一圈回来，有的蜡烛已经点完了。阿荣伯又打开一包补上。这样补到东边又补到西边，我就说："好累啊！站起蹲下的，头都晕了。"阿荣伯用红灯笼照照我的脸，摇摇头说："吃了分岁酒，拿了压岁包，才做这么点事就累啦？不行，做什么事都要有头有尾。"

……

点喜灯的有趣节目以后，五天新年当然是没头没脑的玩乐，然后眼巴巴盼望初七八的迎灯庙戏。"迎灯"就是"迎佛"，迎着上下殿佛相互拜年，也是庆祝丰年、歌舞升平的意思。父亲对于迎灯是非常重视的。他认为大除夕祭拜祖先，是子孙们对先人慎终追远的孝思。典礼要隆重肃穆，祭品要简洁精致，却不是讲究排场。迎灯是一年之首，地方全体百姓，对神祇的佑护表示感谢，典礼不但隆重，还要愈热闹愈有排场愈好。所以大户人家都是慷慨捐款，出钱又出力，把迎灯庙会办得体面非凡。

初七一大早，母亲就提高嗓门喊："阿标叔，晚上的风烛都买好了吗？百子炮（鞭炮）都齐全了吗？要越多越好啊。"母亲平时说话低声细气，一到过年，嗓门儿就大了。尤其那个"好"字，尾音拉得长长的，表示样样都好。阿标叔也提高嗓门回答："都齐全喽，丰足得很喽。"

阿标叔是我家的老工友，是父亲部队里退下来的。他和种田的长工身份不太一样，总是显得很有肚才的样子，常常出口成文，说话成语很多。他告诉我"风烛"就是"丰足"的意思。他掌管的是父亲心爱的花木，以及家中所有的洋油灯，和大厅里那盏威风八面的煤气灯。他每天早上戴起父亲送他的银丝边老花眼镜，镜框滑行到鼻尖上，用软软的棉布蘸了洋油，抿起嘴唇擦玻璃灯罩，对了太阳光照了又照，要擦得晶亮才算数，神情是非常专注的。

跟大除夕一样，初七晚上，他老早就把煤气灯点上了。呼呼呼的声音，听起来气派硬是不一样。（瞿溪全村所有大户人家，除了我们潘宅，是很少点煤气灯的。所以潘宅的煤气灯很有名，阿标也跟着它出名。有什么人家办喜事要多用几盏煤气灯，阿标就自告奋勇提了煤气灯去帮忙。）

我家前门深藏在一条长长的幽径里，后门临着大路，所以迎灯队是从后门经过的。我连晚饭都没心吃，老早就站在矮墙头上等。远远看见灯笼火把像一条火蛇似的从稻田中游过来，我就合掌朝着那方向拜。队伍渐渐近了，高大的开路先锋摇晃着双臂过去后，就是乐队、香案、马盗。菩萨的銮驾在最后，晴天就坐明銮，可让大家一睹风采。

　　最最盛大的迎灯庙戏结束后，就只剩下十五元宵节最后一场热闹场面了。十五一过，我又得关回屋子里读书了。

　　外面的鞭炮声又响起来，我擦根洋火，把长桌上的一对风水烛点燃，给屋子里添点温暖和喜气。可是家里人口简单，儿子已经远行在外。外子（丈夫）只顾看书报，默不作声，我总觉得有点冷清清的，索性披上大衣，出去看看街景。悠悠岁月，虽然逝去，也不必惆怅感怀。阿荣伯说得对，大人们总是要老去的，只要小辈长大，能一代一代接下去就好。

乡土情怀

　　言为心声，文以志言，语言文字原是表达思想感情的。一个有思想感情的人，哪有不怀念自己出生长大的家乡的？家乡的风土人情，家乡的生活习惯、衣着、饮食，哪一样不令人怀念呢？张素贞教授说得对，"作家写作总不免写自己所熟知的乡土，呈现了他的乡土情怀。"这也正是作品的真诚可贵处。王粲说："人情同于标土兮，岂穷达而异心！"正是此意吧！杜甫吟"月是故乡明"，立刻引起读者的思乡情怀，谁会认为杜甫是个狭窄的本土主义者呢？

　　至于作品中方言的运用，若能恰到好处，正可以增加文字的鲜活性，与对人物语言神态的刻画，连太史公写史记，都间或引用方言呢。但是过分泛滥则将阻碍了与读者思想感情的沟通。

　　我倒是想起自己初到异乡时语言不通的苦恼。我是出生长大在农村的，说的一口乡村土话。十二岁到杭州，考入一所教会学校，才勉强开始学杭州话。语文老师命我起立背《桃花源记》，我很难为情地说："我只会用家乡话背。"老师笑笑说："好，你就用你的家乡话背吧！"并命全班同学对着课本仔细听。我就琅琅地用我的温州调有板有眼地一气背到底，同学们一个个都咯咯地笑弯了腰。老师说："不要笑，我觉得很好听哩，你们听她有没有背漏掉。"大家齐声说："没有漏掉，但是好难听哟，怪怪的。"气得我都要哭了。从此拼命学杭州话，妈妈说我连说梦话都说的杭州话呢。会说杭州话以后，和同学们就都很要好了，她们还学着我的温州调背古文呢。

还有一件有趣的事：在我十岁以前，父亲从北京回到故乡温州，他带的随身忠仆胡云皋是北方人。胡云皋每回进厨房来，总会遭到长工们怒目而视，因为他们语言不通。胡云皋不懂得长工告诉他，特地挑来的山水是专供煮饭和泡茶用的，他却常常舀来洗手。长工骂他："良心不好，会被雷劈。"我想翻译给他听，却又说不来北方话。母亲看了也忍不住说："你这样糟蹋长工辛苦挑来的山水，观世音菩会罚你的。"

胡云皋对母亲一向很尊敬，但因语言不通，很少交谈。这次他却听懂了"观世音菩萨"这几个字，就问我："太太为什么念观世音菩萨？"我只好卷起舌头，用从草台戏上学来的官话，代母亲翻译意思给他听。胡云皋马上说："下回再也不敢了。"而且合掌向天拜几下，口念观世音菩萨。母亲高兴地笑了，长工也笑了，才知道他是不懂我们的土话，不是有意糟蹋山水。

"观世音菩萨"这句共同的语言，沟通了彼此的感情，明白了共同的信仰。胡云皋与长工从此不但不吵架，反成了好朋友。

胡云皋再随父亲到杭州以后，总常常对人说："我回到温州的时候好开心。"别人听了说："你怎么能回到温州，温州又不是你的家乡。"他马上说："怎么不算是家乡？温州的山好，水好，温州的蔬菜最鲜甜，温州的朋友最热情，我还会说温州话呢！"于是他就眉飞色舞地说几句连我都听不懂的"温州语"，逗得大家乐呵呵。

这些陈年旧事，如今想起来，仍感温馨无比。这也足以证明语言对于彼此感情沟通的重要性。

其实不改的乡音，正是一份故土情怀的慰藉。一个作者在他的怀乡作品中，偶然运用家乡语言，表现一份温厚的乡土气息，正是文学的逼真之处。李端腾教授说得好："方言融入文学，有人看不懂，有人却看得津津有味。"我想即使看不懂也会引起好奇心而不是"排斥感"。作者偶然运用方言是传真、传情，是一种文学的技巧。若恐读者不明白，可以加括号说明。但方言不要引用太多，以免违背了文学共通性的原则，否则就不是真正好的文学作品了。

下雨天，真好

　　一清早，掀开窗帘看看，窗上已布满了水珠。啊，好极了，又是个下雨天。雨连下十天半月，甚至一个月，屋里挂满万国旗似的湿衣服，墙壁地板都冒着湿气，我也不抱怨。雨天总是把我带到另一个处所，在那儿，我又可以重享欢乐的童年。那些有趣的好时光啊，我要用雨珠的链子把它们串起来，绕在手腕上。

　　那时在浙江永嘉老家，我才6岁，睡在母亲暖和的手臂弯里。天亮了，听到瓦楞上哗哗的雨声，我就放了心。因为下雨天长工不下田，母亲不用老早起来做饭，可以在热被窝里多躺一会儿。我舍不得再睡，也不让母亲睡，吵着要她讲故事。母亲闭着眼睛给我讲雨天的故事：有个盲人，雨天没打伞，一个过路人见他可怜，就打着伞送他回家。盲人到了家，却说那把伞是他的。他说他的伞有两根伞骨用麻线绑住，伞柄有一个窟窿。说得一点也不错，原来他一边走一边用手摸过了。伞主笑了笑，就把伞让给他了。

　　我说这盲人好坏啊！母亲说，不是坏，是因为他太穷了。伞主想他实在应当有把伞，才把伞给他的。在熹微的晨光中，我望着母亲的脸，她的额角方方正正，眉毛细细长长，眼睛眯成一条线。我的启蒙老师说菩萨慈眉善目，母亲的长相一定就跟菩萨一样。

雨下得越来越大。母亲一起床，我也跟着起来，顾不得吃早饭，就套上叔叔的旧皮靴，顶着雨在院子里玩。我把伯公给我雕的小木船漂在水沟里，中间坐着母亲给我缝的大红"布姑娘"。绣球花瓣绕着小木船打转，一起向前流。

天下雨，长工们不下田，都蹲在大谷仓后面推牌九。我把小花猫抱在怀里，自己再坐在伯公怀里，等着伯公把一粒粒又香又脆的炒胡豆剥了壳送进我嘴里。胡豆吃够了再吃芝麻糖，嘴巴干了吃柑子。大把的铜子儿一会儿推到东边，一会儿推到西边。谁赢谁输都一样有趣，我只要雨下得大就好。下雨天老师就来得晚，他有脚气病，穿钉鞋走田埂路不方便。老师喊我去习大字，伯公就会去告诉他："小春肚子痛，睡觉了。"老师不会撑着伞来找我。母亲只要我不缠她就好。

5月黄梅天，到处黏糊糊的，父亲却端着宜兴茶壶，坐在廊下赏雨。院子里各种花木，经雨一淋，新绿的枝子顽皮地张开翅膀，托着娇艳的花朵，父亲用旱烟袋点着它们告诉我这是丁香花，那是一丈红。大理花与剑兰抢着开，木樨花散发着淡淡的幽香。墙边那株高大的玉兰花开了满树，下雨天谢得快，我得赶紧爬上去采，采了满篮子送左右邻居。玉兰树叶上的水珠都是香的。

唱鼓儿词的总在下雨天从我家后门摸索进来，坐在厨房的条凳上，唱一段《秦雪梅吊孝》《郑元和学丐》。母亲一边做饭，一边听。晚上就在大厅里唱，请左邻右舍都来听。宽敞的大厅正中央燃起了亮晃晃的煤气灯，发出嘶嘶的声音。煤气灯一亮，我就有做喜事的感觉，心里说不出的开心。雨哗哗地越下越大，盲人先生的鼓咚咚咚地也敲得越起劲。唱孟丽君，唱秦雪梅，母亲和五叔婆听了眼圈儿都哭得红红的，我就只顾吃炒米糕、花生糖。父亲却悄悄地溜进书房作他的"唐诗"去了。

八九月台风季节，雨水最多。走廊下堆积如山的谷子，几天不晒就要发霉，谷子的霉就是一粒粒绿色的麴。母亲叫我和小帮工把麴一粒粒拣出来，不然就会越来越多。这活真好玩，所以我盼望天一直不要晴起来，麴会越来越多，我就可以天天滚在谷子里，不用读书了。

如果我一直不长大，就可以永远沉浸在雨的欢乐中。然而谁能不长大呢？到杭州念中学了，下雨天，我有一股凄凉寂寞之感。

有一次在雨中徘徊西子湖畔。我驻足凝望着碧蓝如玉的湖水和低斜低斜的梅花，却听得放鹤亭中响起了悠扬的笛声。弄笛人向我慢慢走来，低声对我说："一生知己是梅花。"

我也笑指湖上说："看梅花也在等待知己呢。"衣衫渐湿，我们才同撑一把伞归来。

那是许多年前的事了，笛声低沉而遥远，然而我却仍能依稀听见，在雨中……

金盒子

如今我又打开这修补过的小锁，抚摸着里面一件件的宝物，

贴补烂泥兵脚的美丽花纸，已减退了往日的光彩，

小信封上的铅笔字，也已逐渐模糊得不能辨认了。

可是我痛悼哥哥与幼弟的心，却是与日俱增，

因为这些暗淡的事物，

正告诉我他们离开我是一天比一天更远了。

金盒子

记得五岁的时候，我与长我三岁的哥就开始收集各色各样的香烟片了。经过长久的努力，我们把《封神榜》香烟片几乎全部收齐了。我们就把它收藏在一只金盒子里——这是父亲给我们的小小保险箱，外面挂着一把玲珑的小锁。小钥匙就由我与哥哥保管。每当父亲公余闲坐时，我们就要捧出金盒子，放在父亲的膝上，把香烟片一张张取出来，要父亲仔仔细细给我们讲画面上纣王比干的故事。要不是严厉的老师频频促我们上课去，我们真不舍得离开父亲的膝下呢！

有一次，父亲要出发打仗了。他拉了我俩的小手问道："孩子，爸爸要打仗去了，回来给你们带些什么玩意儿呢！"哥哥偏着头想了想，拍着手跳起来说："我要大兵，我要丘八老爷。"我却很不高兴地摇摇头说："我才不要，他们是要杀人的呢。"父亲摸摸我的头笑了。可是当他回来时，果然带了一百名大兵来了。他们一个个都雄赳赳地，穿着军装，背着长枪。幸得他们都是烂泥做的，只有一寸长短，或立或卧，或跑或俯，煞是好玩。父亲分给我们每人五十名带领。这玩意多么新鲜！我们就天天临阵作战。只因过于认真，双方的部队都互相损伤。一两星期以后，他们都折了臂断了腿，残废得不堪再作战了，我们就把他们收容在金盒子里作长期的休养。

我八岁的那一年，父亲退休了。他要带哥哥北上住些日子，叫母亲先带我南归故里。这突如其来的分别，真给我们兄妹十二分的不快。我们觉得难以割舍的还有那唯一的金盒子，与那整套的《封神榜》香烟片。它们究竟该托付给谁呢？两人经过一天的商议，还是哥哥慷慨地说："金盒子还是交给你保管吧！我到北平以后，爸爸一定会给我买许多玩意儿的！"

金盒子被我带回故乡。在故乡寂寞的岁月里，童稚的心，已渐渐感到孤独。幸得我已经慢慢了解《封神榜》香烟片背后的故事说明了。我又用烂泥把那些伤兵一个个修补起来。我写信告诉哥哥说金盒子是我寂寞中唯一的良伴，他的回信充满了同情与思念。他说：明年春天回来时给我带许许多多好东西，使我们的金盒子更丰富起来。

第二年的春天到了，我天天在等待哥哥归来。可是突然一个晴天霹雳似的电报告诉我们，哥哥竟在将要动身的前一星期，患急性肾脏炎去世了。我已不记得当这噩耗传来的时候，是怎样哭倒在母亲怀里，仰视泪痕斑斑的母亲，孩子的心，已深深体验到人事的变幻无常。我除了恸哭，更能以什么话安慰母亲呢？

金盒子已不复是寂寞中的良伴，而是逗人伤感的东西了。我纵有一千一万个美丽的金盒子，也抵不过一位亲爱的哥哥。我虽是个不满十岁的孩子，却懂得不在母亲面前提起哥哥，只自己暗中流泪。每当受了严师的责罚，或有时感到连母亲都不了解我时，我就独个儿躲在房间，闩上了门，捧出金盒子，一面搬弄里面的玩物，一面流泪，觉得满心的忧伤委屈，只有它们才真能为我分担。

父亲安顿了哥哥的灵柩以后，带着一颗惨痛的心归来了。我默默地靠在父亲的膝前，他颤抖的手抚着我，早已呜咽不能成声了。

三四天后，他才取出一个小纸包说："这是你哥哥在病中，用包药粉的红纸做成的许多小信封，一直放在袋里，原预备自己带给你的。现在你拿去好好保存着吧！"我接过来打开一看，原来是十只小红纸信封，每一只里面都套有信纸，信纸上都用铅笔画着"松柏常青"四个空心的篆字，其中一个，已写了给我的信。他写着："妹妹，我病了不能回来，你快与妈妈来吧！我真寂寞，真想念妈妈与你啊！"那一晚上整整哭到夜深。第二天就小心翼翼地把小信封收藏在金盒子里，这就是他留给我唯一值得纪念的宝物了。

三年后，母亲因不堪家中的寂寞，领了一个族里的小弟弟。他是个十二分聪明的孩子，父母亲都非常爱他，给他买了许多玩具。我也把我与哥哥幼年的玩具都给了他，却始终藏过了这只小金盒子，再也舍不得给他。有一次，被他发现了，他跳着叫着一定要。母亲带着责备的口吻说："这么大的人了，还与六岁的小弟弟争玩具呢！"我无可奈何，含着泪把金盒子让给小弟弟，却始终不忍将一段爱惜金盒子的心事，向母亲吐露。

金盒子在六岁的童子手里显得多么不坚牢啊！我眼看他扭断了小锁，打碎了烂泥兵，连那几个最宝贵的小信封也几乎要遭殃了。我的心如绞着一样痛，趁母亲不在，急忙从小弟弟手里抢救回来，可以说金盒子已被摧毁得支离破碎了。我真是心疼而且愤怒，忍不住打了他，他也骂我"小气的姐姐"，他哭了，我也哭了。

一年又一年地，弟弟已渐渐长大，他不再毁坏东西了。九岁的孩子，就那么聪明懂事，他已明白我爱惜金盒子的苦心，帮着我用美丽的花纸包扎起烂泥兵的腿，再用铜丝修补起盒子上的小锁，说是为了纪念他不曾晤面的哥哥，他一定得好好爱护这只金盒子。我们姊弟间的感情，因而与日俱增，我也把思念哥哥的心，完全寄托于弟弟了。

弟弟十岁那年，我要离家外出，临别时，我将他的玩具都理在他的小抽屉中，自己带了这只金盒子在身边，因为金盒子对于我不仅是一种纪念，而且是骨肉情爱之所系了。

作客他乡，一连就是五年，小弟弟的来信，是我唯一的安慰。他告诉我他已经念了许多书，并且会画图画了。他又告诉我说自己的身体不好，时常咳嗽发烧，说每当病在床上时，是多么寂寞，多么盼我回家，坐在他身边给他讲香烟片上《封神榜》的故事。可是因为战时交通不便，又为了求学不能请假，我竟一直不曾回家看看他。

恍惚又是一场噩耗，一个电报告诉我弟弟突患肠热病，只两天就不省人事，在一个凄凉的七月十五深夜，他去世了！在临死时，他忽然清醒起来，问姐姐可曾回家。我不能不怨恨残忍的天心，在十年前夺去了我的哥哥，十年后竟又要夺去我的弟弟，我不忍回想这接二连三的不幸事件，我是连眼泪也枯干了。

哥哥与弟弟就这样地离开了我，留下的这一只金盒子，给予我的惨痛该多么深？但正为它给予我如许惨痛的回忆，使我可以捧着它尽情一哭，总觉得要比什么都不留下好得多吧！

几年后，年迈的双亲，都相继去世了，暗淡的人间，茫茫的世路，就只丢下我踽踽独行。

如今我又打开这修补过的小锁，抚摸着里面一件件的宝物，贴补烂泥兵脚的美丽花纸，已减退了往日的光彩，小信封上的铅笔字，也已逐渐模糊得不能辨认了。可是我痛悼哥哥与幼弟的心，却是与日俱增，因为这些暗淡的事物，正告诉我他们离开我是一天比一天更远了。

喜宴

　　我的故乡是离城三十里的一个小村庄——瞿溪。瞿溪风俗淳厚，而对于城里人的礼仪、衣着，却非常羡慕而且极力模仿。在结婚大典中，"坐筵"可说是中心节目，仪式之隆重不亚于城里，只是排场不及他们豪华就是了。

　　父亲当年在杭州做过一任"大官"，我又是他的独养女儿，因此地方上不论什么人家办喜事，都要用轿子把我这位"潘宅大小姐"请去撑场面。尤其是坐筵，更少不了我。本来，被请做坐筵客的，必须具备一个最重要的条件，那就是姑娘要长得十分标致，年龄在十四五左右，已经定了亲，在半年内就要"做新妇"的最合标准。而我呢？小时候明明是个塌鼻子、斗鸡眼儿的丑小鸭，年纪还不满十一岁。只因是"官家之女"，这只丑小鸭也就成了坐筵席上的贵宾了。

　　可是无论如何，坐筵毕竟是我童年生活史上最光荣的一页，如今追述起来，心情之兴奋不亚于退职官儿们津津乐道他们当年煊赫的功名事业呢。

在乡间，我既是人人瞩目的"官家小姐"，母亲平日对我的举止仪容，自是倍加管教，唯恐我有失态之处。我自觉小小年纪，就时常被请做坐筵客，固然是值得骄傲，可是毕恭毕敬地坐在新娘旁边，眼看着热腾腾、香喷喷的菜，端上来又撤下去，既不能放肆地吃，又不能随便退席，实不胜拘束之苦。

更有一件使我苦恼的事，就是每次赴坐筵时总感到自己的衣服远不及其他姑娘们的华丽。

看她们一个个争奇斗艳，旗袍也好，裙袄也好，总是最时髦的五彩闪花缎（在当年，闪花缎是一种最名贵的缎，就如同玻璃纱是那时夏天里最漂亮的纱）。乌亮的辫子，扎上两寸长嵌银丝的桃红或水绿丝线。有的更是满头珠翠，衣扣缀着小电珠泡，一闪一闪的，看得人眼花缭乱。

而我呢？永远是一件紫红铁机缎不镶不滚的旗袍，那是母亲的嫁衣改的。改得又长又大，套在旧棉袍外面（办喜事大部分是冷天），像苍蝇套在豆壳儿里，硬邦邦，看去就是个十足的傻丫头。母亲还得意地说："铁机缎多坚实，现在的闪花缎哪比得上呢！"我气得直瘪嘴。此外，我还有一顶紫红法兰西绒帽，是父亲远远从北平寄回给我的。母亲说："刚好配一套，再漂亮不过了。"

我说法兰西帽应当歪戴。母亲说歪戴帽子不像个大家闺秀，要我端端正正顶在头上。为这顶帽子，我哭过不止一次。可是我头上没有珠翠，不戴帽子光秃秃的更难看了。

　　我至今都不会忘记那非常"丢脸"的一次。那是我们邻村郭溪第一家富户张宅大小姐出嫁。我被请去陪新娘"辞嫁"（这是姑娘出嫁前一晚，告辞父母家人的一桌筵席，仪式比坐筵轻松，因为新娘是在娘家）。

　　张大小姐是有名的美人儿，打扮成新娘，其美丽自不必说。我穿的仍是刀口唯一的紫红铁机缎旗袍，戴上那顶令人烦恼的法兰西帽，在艳光照人的新娘旁边，我不免自惭形秽起来，就只是往人缝里躲。此时，大堂上忽然一声高唱："胡宅二小姐到。"新房里所有的女客们都一齐挤到房门口，男宾们更是争先恐后地围向那顶绿呢轿子。我在人缝中定睛一看，轿子里跨出一位小姐，那高贵淡雅的装束，雍容华贵的神情，真使在场所有的女宾，都为之黯然失色。

　　我耳中只听得一声赞叹欣羡之声，再回头偷偷照了下穿衣镜，简直寒碜得无地自容了。胡二小姐袅袅婷婷地走进新房，露出玉米似的洁白纤牙，微微地笑着。乌缎似的头发，梳成两个圆髻，各绕上一圈珍珠。额前稀稀疏疏飘着几根刘海。一张瓜子脸儿，嫩白的肌肤和她一身月白软缎绣淡绿牡丹花旗袍相映照，那派冰晶玉洁，我至今都想不出一个妥当的字眼形容她。

　　坐筵时，胡二小姐挨着新娘，我被安排在她的下首，那意思就是胡二小姐的地位比我高，她是主宾。这时，我心里已经很不自在，倒不是忌妒胡二小姐，而是觉得自己这一身衣着和一脸的黑皮肤，实在没资格参加这豪华的典礼。我又不时偷眼望胡二小姐襟前扣的一大朵珠花和新娘领子下的钻石别针。我在心里对自己发誓，这一生一世再也不陪新娘了。

不一会儿，来了一个珠光宝气的妇人，她一手牵一个姑娘，走到我面前，眯起近视眼看着我说："你是胡二小姐的陪伴小姑娘吧？你跟我来，另外专有一席给你们的。"伴嫁连连摇手说："不是不是，她是潘宅大小姐呀！"胡二小姐却低下头抿嘴儿一笑。我真恨透了那一笑，那里面包含了讥讽、得意与轻蔑。我的眼泪几乎掉下来，但我咬着嘴唇忍住了。那时，我的脸一定是青一阵，紫一阵，难看极了。菜一道道地上，我终席不曾举一下筷子。连新娘都忍不住招呼我说："小妹妹，你吃一点呀！"我摇摇头，我当时心中只有一个念头，就是："我快点死掉吧！"

胡二小姐就在两个月后结婚，胡宅派了三次轿子来接，我死也不去。母亲只好自己去了。胡二小姐嫁到同村王宅。王宅请我坐筵，我也不去。我流着眼泪央求母亲道："妈，您为什么不做件五彩闪花缎旗袍给我，为什么不给我一朵珠花戴呢？"

母亲笑笑说："你还小，等十五岁一定给你。"

幸得没等到十五岁，父亲就从北平回来了。我一五一十向父亲诉了委屈。父亲马上带我进城，在一家最有名的裁缝铺里，给我定做了一件旗袍。白软缎绣上整珠的紫红梅花，再配上一双绽红亮片的白缎高跟鞋，这一身富丽的"锦袍"，顿时使我忘记了自己的塌鼻梁和斗鸡眼儿，自以为可以和凤冠霞帔的新娘比美了。

十二岁那年的一次坐筵，给我赢来了无比的光荣。从那以后，在人们心目中，我才真正是一位"大家风范"的"千金小姐"了。

那是地方上一家大户娶儿媳妇，父亲也被邀请做特等贵宾。我们父女二人的两顶轿子，一前一后往大门长驱直入，好不威风。坐筵时，父亲坐在新娘左首一席，另请四位年高德勋的客人陪他。我坐在正中一席陪新娘，右首是新郎的父母与长亲。

他们为了款待我父亲，那晚这三桌酒席特由八盘五增为八盘八（这是我乡酒席的特点，就是八个冷盘，当中上八道热菜。最后一道是莲子红枣汤，讨早生贵子的彩头）。八个冷盘可说样样精彩。我乡吃酒的惯例是四角的冷盘，都可以分成一份份，给客人包了带回家。那是橘子，未剥开的蛤子，山楂糕，油炸各式点心。这些都是我平日最喜欢吃的东西，可是为了表示自己的教养、派头，那晚我一样也不拿，全送给同桌姑娘的陪妈了（我因随父亲同去，所以不需陪妈）。

我在拿东西给人时，故意把右手中指高高翘起，让人家看到我的翡翠戒指，连新娘都向我投来羡慕的眼光。

我心中真是得意，又远远望一下高踞上座的父亲，他只是衔着烟斗向我微笑，仿佛是说："现在你该满意了吧，这么时髦的服装，这么贵重的首饰。"

我不禁伸手摸摸胸前的大珠花，想起白兰花似的胡二小姐的姿容，心中仍不免埋怨母亲，应该早点儿把我打扮起来！

在坐筵席上，新娘是不能动筷子的，陪新娘的姑娘们也不能多吃，尤其是两三个月后就要做新娘的，更得做出斯文样子，以免婆家亲友见了笑话。我是桌上唯一未曾订婚的小姐，但我也兴奋得吃不下。

那晚上，我是满堂贵宾注目的对象，主要的当然因为我父亲，还有就是我的衣饰实在太吸引人了。

在新郎新娘拜堂以后，照例要拜谒宾客亲友，主人第一个请的就是我父亲，司仪一声高唱："潘宅大老爷请上座。"

我的精神亦为之一抖擞，知道不久就将轮到我了。

果然在拜见平辈客人时，我就是第一个被唱名上前的。"潘宅大小姐请。"我就不像其他姑娘们的扭扭捏捏，我踏着绽红亮片的高跟鞋，以最雍容大方的步子走上大堂，接受了新人的三鞠躬礼，也回了三鞠躬礼。礼堂上雪亮如白昼的煤气灯光，照耀着我白缎绣紫红梅花长及足背的旗袍，自觉摇曳生姿。管乐声中，我从容地走上去又走下来，两目平视，尽管手心冒着汗，却绝不露一丝慌张之色。我心里想："你们看看我该比旁的姑娘不同吧！"

回到新娘房里，我就听到有人在低声细语："真奇怪，她怎么会变得漂亮起来，皮肤给白缎一映都白了，眼睛好像也不斗了。"

"究竟是官家小姐，你看她答礼时不慌不忙多大方。"我心里可真乐死了，可不是吗？女大十八变，更何况人靠衣装佛靠金装呢！

可是尽管我对坐筵产生浓厚的兴趣，母亲却总不赞成父亲给我极力打扮。她认为女孩子家从小养成睥睨一切的虚荣心，长大后只有害了她。所以除了那一身豪华的"礼服"，她就没允许再给我做第二身。

不久，我家搬到了杭州，从此我就没机会再坐筵了。十年后回到故乡，一切都变了，坐筵的典礼也没有了。直到如今，我仍不胜怀念我的白软缎绣梅花旗袍，但我更怀恋那件由母亲新嫁衣改做的紫红铁机缎夹袍和那顶法兰西帽子。因为那一套行头正象征我又憨又傻的童年，尤足以纪念我节俭简朴的母亲。

一饼度中秋

一位朋友的女儿在电话里对我说："明天是中秋节啦，祝阿姨中秋节快乐。"难得的是在国外长大的年轻人，还能如此重视中国节日。我呢？来美才两个月，过的是漂浮不定的寄居生活，连星期几都记不清，莫说中秋节了。原本是大陆性的美国气候，此时正该是"金风送爽，玉露生香"的好时光，却反常地由华氏六十多度升到九十多度。他们因而称之为第二个夏天，连秋老虎都没这般凶呢。在汗出如浆中（住处不便开冷气），丝毫也没有"露从今夜白"的美感，也就没有"月是故乡明"的伤感了。

去年中秋节在台北，他公司照例放假半天。中午回家时，他喜滋滋地捧着一盒月饼，对我说："特地买的名牌月饼，四色不同。有你爱吃的五仁、豆沙，有我爱吃的金腿、莲蓉。"我马上抱怨："你又买月饼，年年买月饼，既贵又腻口，还不如我自己做的红豆核桃枣糕呢。"他嗤之以鼻地说："又是你的乡下土糕。你的糕是方的，我的月饼是圆的呀。"我大笑说："你真笨，用圆的容器蒸，不就圆的了吗？"他只好点头："好好，你吃你的枣糕，我吃我的月饼。"

不等我端出中午的饭菜来，他就打开盒子想吃。我提醒他："要先供祖先呀。"他抱歉地说："差点忘了。"他凡事都非常自我中心，只有供拜祖先这件事，他总是从善如流。这也是我二人在生活上、思想上最为融洽、最最快乐的时刻了。

说来没人相信，那一盒四个月饼，我们就像小老鼠似的，啃啃停停，一个多月才啃完三个，剩下一个豆沙的，再也没胃口吃了。就把它收在冰冻箱里冷藏起来，开玩笑地说："明年中秋节再吃吧。"那个月饼，就这么从去年中秋节摆到今年端午，再从端午摆到盛夏。我也好几次想利用它里面的豆沙做汤圆吃掉，但总没有心情与时间。直到来美之前，撤清冰箱，才取出这个"硕果"月饼，搁在手心里摸了好久，犹像了好久，难道还能把它带到美国去吗？只好狠个心扔进了垃圾桶。沉甸甸的"扑通"一声，又感到好心疼。

真是无论如何也没想到，又会来美国过中秋，而且过得如此的意兴阑珊。按说以今日朝发夕至的交通，远渡重洋原不算一回事。可是我是个恋旧得近乎固执的人，好端端地又把一个家搬到海外，再住上几年，对我来说，真有一种连根拔的痛苦感觉。但有什么办法呢？女人嘛，总得顾到"三从四德"吧。

他今晨笑嘻嘻地对我说："今天公司里会每人发一个月饼，给大家欢度中秋。就不知道主办人在中国城能不能买到跟台北一样香甜的月饼，也不知道我分到的是一种什么馅儿的，只有碰运气了。"对于吃月饼,对于月饼馅儿的认真识别,他真是童心不改。他最爱吃那种皮子纸一样薄,满肚子馅儿的广东月饼。嘴里好像老留有幼年时在外婆家吃第一个广东月饼的香甜滋味呢。我呢,小时候因为偷吃了一角老师供佛的素月饼,罚写大字三张,所以我的那段记忆远不及他的快乐。也许因此种下了不爱吃月饼的心理状态吧?

他上班后,我在想是不是再来蒸一盘红豆枣糕应应景?何况是我最爱吃的。可是米粉呢?红豆、枣子呢?都得远去中国城买,得换三次车才到,哪里像在台北时跨出大门,过一条大街,五分钟就买回来了。还有蒸锅盘碗等等,都得向房东借,太麻烦了。只得嗒然放弃一时的兴头,专心等他带回那一个月饼了。

他下午比平时早一小时回到家,手里小心翼翼地捏着一个锡箔纸小包,兴冲冲地递给我说:"喏,月饼。今儿大家提前下班回家过中秋。"他喜滋滋的笑容,就跟在台北时捧着一盒名牌月饼进门时一模一样。我打开纸一看说:"啊,是苏式翻毛月饼嘛,我倒比较喜欢苏式的,你呢?"他说:"苏式、广式还不都是月饼,我们吃的是月,不是饼呀。你看这雪白的样子,不是更像月亮吗?"他真懂得享受人生,懂得随遇而安的乐趣。

我只做了一菜一汤(居处未定,一切从简)。洗一碟葡萄,再摆上唯一的月饼。恭恭敬敬地向我们在天的父母拜了节,就开始吃我们丰盛的晚餐了。月饼虽非台北名牌出品,但豆蓉不那么甜得腻人。馅儿像猪肉又像牛肉末子,反比金腿可口,也不知是"物以稀为贵"

呢？还是人在他乡，心情不同？总之，吃起来别有一番滋味在心头。

饭后原打算出去散一会儿步，可是天气骤变，霎时间下起滂沱大雨来，气温也直线下降（宝岛的海洋性气候都望尘莫及呢）。

"中秋无月"，遇上杜甫或苏东坡等古人，就得吟诗一番，以表遗憾。可是现代人对于月球坑坑洞洞的脸儿已经不稀罕了，中秋有月无月，也就不再关怀了。

何况一阵豪雨过后，暑气全消，这才是"已凉天气未寒时"的光景。天公究竟识时务，不会让你一直过秋天里的夏天的。我宁愿在灯下阅读，静静地度一个冷落清秋节，又何必举头望"美国的月亮"呢。

一道菜、一个月饼，就度过了异国的中秋节。可我还是好怀念在台北临行前夕，从冰冻箱里取出来的那个石头样僵硬的豆沙月饼，我万不得已地把它扔进了垃圾桶，那沉甸甸的"扑通"一声，还一直敲在我的心头呢！

外祖父的白胡须

　　我没有看见过我家的财神爷，但是我总是把外祖父与财神爷联想在一起。因为外祖父有三绺雪白雪白的长胡须，连眉毛都是雪白的。手里老捏着旱烟筒，脚上无论夏天与冬天，总是拖一双草拖鞋，冬天多套一双白布袜。长工阿根说财神爷就是这个样儿，他听一个小偷亲口讲给他听的。

　　那个小偷有一夜来我家偷东西，在谷仓里挑了一担谷子，刚挑到后门口，却看见一个白胡子老公公站在门边，拿手一指，他那担谷子就重的再也挑不动了。他吓得把扁担丢下，拔腿想跑，老公公却开口了："站住不要跑。告诉你，我是这家的财神爷，你想偷东西是偷不走的。你没有钱，我给你两块银圆，你以后不要再做贼了。"他就摸出两块亮晃晃的银圆给他，叫他快走。小偷从此不敢到我家偷东西了。所以地方上人人都知道我家的财神爷最灵、最管事。外祖父却摸着胡子笑眯眯地说："哪一家都有个财神爷，就看这一家做事待人怎么样。"

坐在后门口的一件有趣的工作，就是编小竹笼。外祖父用小刀把竹篾削成细细的，教我编一个四四方方的小笼子。笼子里面放圆卵石，编好了扔着玩。有一次，我捉了一只金龟子塞在里面，外祖父一定要我把它放走，他说虫子也不可随便虐待的。他指着墙角边正在排着队伍搬运食物的蚂蚁说："你看蚂蚁多好，一个家族同心协力的把食物运回洞里，藏起来冬天吃，从来没看见一只蚂蚁只顾自己在外吃饱了不回家的。"他常常故意丢一点糕饼在墙边，坐在那守着蚂蚁搬运，嘴角一直挂着微笑。妈妈说外祖父会长寿，就是因为他看世上什么都是好玩儿的。

要饭的看见他坐在后门口，就伸手向他讨钱。他就掏出枚铜子给他。一会儿，又来了一个，他再掏一枚给他。一直到铜子掏完为止，摇摇手说："今天没有了，明天我换了铜子你们再来。"妈妈说善门难开，叫他不要这么施舍，招来好多要饭的难对付。他像有点不高兴，烟筒敲得咯咯的响，他说："哪个愿意讨饭？总是没法子才走这条路。"有一次，我亲眼看见一个女乞丐向外祖父讨了一枚铜子，不到两个钟头，她又背了个孩子再来讨。我告诉外祖父说："她已经来过了。"他像听也没听见，又给她一枚。我问他："您为什么不看看清楚，她明明是欺骗。"他说："孩子，天底下的事就这样，他来骗你，你只要不被他骗就是了。一枚铜子，在她眼里比斗笠还大，多给她一枚，她多高兴？这么多讨饭的，有的人确是好吃懒做，但有的真的是因为贫穷。我有多的，就给他们。也许有一天他们有好日子过了，也会想起自己从前的苦日子，受过人的接济，他就会好好帮助别人了，那么我今天这枚铜圆的功效就很大了。"

我自幼依他膝下多年，我们祖孙之爱是超乎寻常的。记得最后那一年腊月廿八，乡下演庙戏，天下着大雪，冻得足手都僵硬了。而每年腊月的封门戏，班子总是最蹩脚的，衣服破烂，唱戏的都是又丑又老，连我这个戏迷都不想去看。可是外祖父点起灯笼，穿上钉鞋，对我与长工阿根说："走，我们看戏去。"

到了庙里，戏已经开锣了，正殿里零零落落的还不到三十个人。台上一男一女哑着嗓子不知在唱些什么。武生旧兮兮的长靠背后，旗子都只剩了两根，没精打采的垂下来。可是唱完一出，外祖父却拼命拍手叫好。不知什么时候，他给台上递去一块银圆，叫他们来个"加官"，一个魁星兴高采烈地出来舞一通，接着一个白面戴纱帽穿红袍的又出来摇摆一阵，向外祖父照了照"洪福齐天"四个大字，外祖父摸着胡子笑开了嘴。

人都快散完了，我只想睡觉。可是我们一直等到散场才回家。路上的雪积得更厚了，老人的长筒钉鞋，慢慢地陷进雪里，再慢慢地提出来。我由阿根背着，撑着被雪压得沉甸甸的伞，在摇晃的灯笼光影里慢慢走回家。阿根埋怨说："这种破戏看它做什么？"

"你不懂，破班子怪可怜的，台下没有人看，叫他们怎么演的下去。所以我特地去捧场的。"外祖父说。

"你还给他一块银圆呢。"我说。

"让他们打壶酒，买斤肉暖暖肠胃，天太冷了。"

红灯笼的光晕照在雪地上，好美的颜色。我再看外祖父雪白的长胡须，也被灯笼照得变成粉红色了。我捧着阿根的颈子说："外公真好。"

"唔，你老人家这样好心，将来不是神仙就是佛。"阿根说。

我看看外祖父快乐的神情，就真像是一位神仙似的。

那是我最后一次跟外祖父看庙戏。以后我外出求学，就没机会陪他一起看庙戏，听他讲故事。

现在，我抬头望着蔚蓝晴空，朵朵白云后面，仿佛出现了我那雪白长须的外祖父，他在对我微笑，也对这世界微笑。

想念荷花

　　我在四五岁时，那时想象不出西湖的银浪烟波究竟有多美，只觉得父亲敲着膝头，高声朗吟的神情很快乐，音调也很好听。父亲的生日是农历六月初六日，正是荷花含苞待放的时候。到两个星期后的六月二十四日，便是荷花生日。母亲说荷花盛开，象征父亲身体健康。所以在六月初六那天，她总要托城里的杨伯伯，千方百计地采购来一束满是花蕾的荷花，插在瓶中供佛。等待花瓣渐渐开放，散发出淡淡的清香，与香炉里的檀香味混合在一起，给人一份沉静安详的感觉。

　　到了杭州这个十里荷花的天堂，才真正看到那么多新鲜荷花。我们的家，正靠近西子湖边，步行只需半小时就可到湖滨公园。那条街名叫"花市路"。父亲为此作了一首得意的诗，其中最得意的句子是："门临花市占春早，居近湖滨归钓迟。"其实父亲很少钓鱼。他带我去湖滨散步，冬天为赏雪，夏天为赏荷。赏雪的时候少，因为天气太冷了，赏荷却是夏天傍晚常常去的。夜晚，荡着船儿，听桨声欸乃，看淡月疏星，闻荷花阵阵清香，毕竟是人间天上的享受。

六月二十四既然是荷花生日，杭州人的游湖赏花就从六月十八开始，到二十四这一天是最高潮，整个里外湖都放起荷花灯来。大小画舫，来往穿梭，谈笑声中，丝竹满耳。这种游湖，杭州人称之为"落夜湖"，欢乐可通宵达旦。我不是个懂得赏花的雅人，也体会不到周濂溪爱莲的那份高洁情操。我喜欢"落夜湖"，只是为了赶热闹。父亲却不爱这种热闹。母亲呢？只要是住在杭州的日子，倒是每年都去"落夜湖"一番。她不是赶热闹，而是替父亲放荷花灯。放一百盏荷花灯，祈求上天保佑父亲长命百岁。所以她坐在船上，总是手拨念佛珠，嘴里低低地念着《心经》。因为外公说过的，父亲和荷花同生日，照佛家说法，是有一段善缘的。

记得有一天，父亲忽然问我："'新着荷衣人未识，年年湖海客'是什么意思，你懂吗？"我说："是退隐的意思吧。"父亲笑笑说："就是我现在的心境，摆脱了官职，一身轻快。"但我觉得他脸上似有一丝蓦然回首的落寞神情。难道父亲仍有用世之心，只是叹知遇难求吗？

抗战兵兴，我们举家避寇回乡。父亲竟因肺病不治，于翌年溘然长逝。那不幸的一天，正是他的生日六月初六。如此悲痛的巧合，使我们对一向喜爱的荷花，也无心欣赏了。

在兵荒马乱中，我又鼓起勇气，到上海完成大学学业。中文系主任夏老师非常喜爱荷花。有一天，和系里几位同学在街上购物，遇上滂沱大雨，我们就在一间茶楼品茗谈天。俯视马路积水盈尺，老师就作了一首律诗描绘当时情景。最后两句是："一笑横流容并涉，安知明日我非鱼。"他想象西湖此时，一定也是大雨滴落在荷叶上，形成千万水珠跳跃的壮观吧！

那时杭州陷于日寇，老师慨叹有家归不得，因而格外思念杭州的荷花。

胜利后回到杭州，浙江大学暂借西湖罗苑复校。我去拜谒老师，从书斋窗户向外眺望，远近一片风荷环绕，爱荷的夏老师心情一定是非常愉悦的。他提笔蘸饱了墨，信手画了一幅荷花，由师母题上姜白石的名句"冷香飞上诗句"，老师随即落款送给了我。这幅墨荷幸已随身带来台湾，一直悬系壁间。

不管是"墨团"也好，是"玉槎枒"也好，那总是吟诗作画、自由自在的好时光啊。

夏老师与师母都在祖国大陆。不久前海外友人来信告知，夏老师已年迈体衰。他以垂老之年，一定是更思念杭州、思念西湖无主的荷花吧。他怎能想得到当年在上海时所作的诗"安知明日我非鱼"呢？

永恒的思念

父亲在一九三零年时，曾在浙江任军职，杭州的寓所，经常有许多雄赳赳的马弁进进出出。那时哥哥和我都还小，每回一听大门口吆喝"师长回来啦！"就躲在房门角落里，偷看父亲一身威武的军装，踏着高筒靴咔嚓咔嚓地进来，到了大厅里，由一位马弁接过指挥刀和那顶有一撮白缨的军帽，然后坐下，由另一位马弁给他脱下靴子，换上软鞋，脱下军装上衣，披上一件绸长袍，就一声不响地走进书房去了。哥哥总是羡慕地说："好神气啊，爸爸。我长大了也要当师长。"我却噘着嘴说："我才不要当师长呢……连话都不跟人家说。"

父亲的马弁，也都一个个好神气。哥哥敢跟他们说话，有时还伸手去摸摸他们腰里挂着的木壳枪。我看了都会发抖。但只有两个人，跟其他的马弁都不一样。他们总是和和气气，恭恭敬敬地跟母亲说话。有时还逗我们玩，给我们糖果吃。所以只有他们两人的名字我记得，一个叫胡云皋，一个叫陈宝泰。

父亲总是连名带姓地喊他们，母亲要我们称胡叔叔、陈叔叔。但顽皮的哥哥却喊他们"芙蓉糕""登宝塔"。我也跟着喊，边喊边格格地笑。因为我是大舌头，喊"登"比喊"陈"容易多了。

他们二人，一文一武，胡云皋是追随父亲去司令部的，照顾的是那匹英俊的白马和雪亮的指挥刀，陈宝泰却是斯斯文文的书生模样，照顾父亲的茶烟点心，每天把水烟筒擦得晶亮，莲子燕窝羹在神仙罐里炖得烂烂的，端进书房，在一旁恭立伺候。

胡云皋很喜欢哥哥，常把他抱到马背上，教他怎样拉住马缰绳，怎样用双腿在马肚子上使力一夹，马就会向前奔跑。乐得哥哥只想快快长大当师长。我呢，只要马一转头来向我看，我就怕得直往后退。胡云皋把我的小拳头拉去放在马嘴里，吓得我尖叫。陈宝泰就会训他，说姑娘家不要学骑马，要读书。因此他就教我认字，讲故事给我听，所以我好喜欢陈宝泰。

母亲很敬重他们，说他们是好兄弟，是秤不离砣。他们高兴起来，在一起喝酒聊天，但不高兴起来，谁看谁都不顺眼。胡云皋笑陈宝泰手无缚鸡之力，不够格在司令部当差，只好在公馆里打杂，他自己是师长出入时不离左右的保镖，多么神气。陈宝泰是一声不响，顶多笑他是个"猛张飞"，是"自称好，烂稻草"。

母亲带我们回到故乡以后，忽然有一个深夜，胡云皋急急忙忙赶到，一句话不说，把我们兄妹用被子一包，一手抱一个。叫长工提着灯带路，扶母亲跟着他快走，一直走到山背后一个静僻的小尼庵里，请大家不要声张。我们吓得只当是土匪来了，胡云皋告诉母亲，是父亲与孙传芳打仗失利，孙传芳的追兵会到后方来挟持眷属，父亲不放心，特地派他来保护我们到安全地方躲一躲。我当时只觉逃难很好玩，而母亲对他穿越火线冒死来护送我们的勇敢和义气，一生念念不忘。

由于这件事，陈宝泰对胡云皋表示很钦佩，他说："若是我，就不敢在深更半夜枪林弹雨中，穿越火线。胡云皋的名字，一听起来就是个勇猛的英雄。"胡云皋听得高兴，两个人就挖心挖肝地要好起来，再也不嫌来嫌去了。但只有在下棋的时候，仍旧是争得面红耳赤。一个说落子无悔，一个说要细心考虑。下到后来，胡云皋把棋子一抹说不跟你下了。到了第二天，他们又坐在一起喝酒唱戏了。

父亲因为厌倦军阀内战的自相残杀，当了六年师长就毅然退休了。遣散部属时，胡云皋与陈宝泰坚决要留下伺候父亲。父亲同意了，对他们说："你们以后不要喊我师长，称老爷就可以了。"陈宝泰记住了，就改口称老爷，但胡云皋总是"师长师长"的喊，父亲怪他"怎么又忘了，只称老爷呀"。他啪嗒一个敬礼说："是，师长。但是我喊师长，心里就高兴，仿佛您还在威武地带兵呢。"他那一脸的固执，父亲也拿他没办法。

他们随父亲回到故乡，胡云皋是北方人，因言语不通，时常与长工发生误会而吵架。陈宝泰性情随和，他一口杭州话虽不大好懂，长工们倒喜欢跟他学外路话。有一次大家一同去看庙戏，台上演的是

《捉放曹》，乡下难得有京班来的，胡云皋每句道白都听懂了，高兴得直拍掌。长工忽然指着台上说："那个陈宫是陈宝泰，这个大白脸曹操就是你。"胡云皋气得一下子跳起来，骂长工怎可把他比做奸臣，说陈宝泰也不够资格当陈宫呀。他大声地吼，吓得台上的戏都停下来了。

从那以后，长工们都不敢和胡云皋说话，与陈宝泰就愈加有说有笑了。因此胡云皋有点生陈宝泰的气。父亲把他俩叫到面前说："你们是我最亲信的弟兄，千万不可因芝麻小事不开心。"胡云皋结结巴巴地说："报告师长，我不是生陈宝泰的气，是他们把我比做坏人，我不甘心，我最最恨曹操那样的奸臣。"父亲笑道："好人坏人全在你自己，别人是跟你说着玩的呀。"陈宝泰原都不作声，这时才开口了："老哥，你若是坏人，你会有勇气冒生死危险穿过火线，去保护太太与少爷小姐吗？"胡云皋这才又高兴起来。

我再到杭州念中学时，哥哥早已不幸去世，母亲于伤心之余，只愿留在故乡。父亲比较严肃，我在孤单寂寞中，全靠他们两人对我的爱护与鼓励。我住校后，他们常轮流来看我，买零食给我吃，我心里过意不去，陈宝泰说："你放心，我们的钱木老老，给你吃零嘴足够啦。""木老老"是杭州土话很多的意思，连胡云皋都会说哩。

抗战军兴，父亲预见这不是一场短期的战争，就决心携眷返回故乡。胡云皋义不容辞是一路护送之人。陈宝泰愿守杭州，父亲就不勉强他跟随了。将动身的前几天，父亲徘徊在庭院中，客厅里，用手抚摸着柚木的板壁和柱子，叹息地说："才住三年啊！就要走了，也不知什么时候能回来。"我听得黯然。父亲平生最爱富丽的房屋，好不容易自己精心设计的豪华住宅，只住了短短一段时日，就要离去。对他来说，确实是难以割舍的！我呢？本来就嫌这屋子给我种种的拘束与活动范围的限制，觉得它远不如乡下农村木屋的朴素自在，所以丝毫也没有留恋之意，反觉得父亲实在不必为身外之物耿耿于怀。站在边上的陈宝泰看出父亲的心情，立刻说："老爷，你放心走吧，我就一直不离开这幢房子，好好看管。不让人损坏一扇门窗、一片瓦。"父亲感动地说："时局一乱，你是没法保护它的，你还是自己的安全要紧，不能住的话，偶然来看一下就可以了。"

于是陈宝泰就自愿负起看守房屋的任务来。临别前夕，他买了酒，做了菜，与胡云皋痛饮饯别，请我也在一桌作陪，他举杯一饮而尽，对胡云皋说："老哥，你是出入千军万马的人，有胆量，有勇气，这次护送的重任非得由你承担。我也不是胆小之人，我守着老爷最喜欢的房子，日本鬼子来，我跟他们拼命。不过我们这一分别，不知哪天见面，你到后方以后，总得给我画几个大字来，叫我放心。"说到这里，他的声音都沙哑了。胡云皋说："老弟，你放心，我一送到，马上回来陪你，我们是患难弟兄，分不开的。"

想想在兵荒马乱中，交通已完全紊乱，海上航线封锁。自杭州回故乡，须取道旱路，经过敌人的占领区，昼伏夜行地回故乡。胡云皋要马上回来，谈何容易。又想想，我此次与陈宝泰分别，后会究在何时？在泪水模糊中，我说不出一句话来。只有默祝我们能早日聚首，默祝彼此的平安无事。

回到故乡才一个月，杭州就陷于日寇，两处音讯阻绝，父亲忧心如捣，后悔不该让陈宝泰留在杭州。胡云皋因一路辛苦，加上水土不服，传染上疟疾，但他挣扎着要马上回杭州与陈宝泰共患难。这时忽传来杭州房屋被日军焚毁的消息，陈宝泰也生死不明。胡云皋痛哭流涕地说非要立刻动身不可。父亲也因不放心陈宝泰，就同意他扶病上路了。

临行前，父亲再三叮咛他，遇上日寇，不要与他们正面冲突，要机灵地躲过。留得青山在，往后报仇雪恨的日子有的是。

"是，师长。"他敬一个礼，"我一定要保住这条命，才能到杭州与陈宝泰相会。看看房子是不是真被烧掉。师长，您自己要保重，我不能伺候您啦。"

他再啪嗒一个敬礼，就提着破箱子转身走了。我紧跟在后面，看他的背已微微有点驼了。病又没好，真担心他路上发烧怎么办，心中不免阵阵酸楚。我们穿过麦田，到了小火轮埠头，坐在亭子里等船时，我摸出母亲交给我的十二个银圆，塞在他棉袄口袋里，告诉他是母亲给他一路买点心吃的。他抹着眼泪对我说："大小姐，你已经长大成人了。又念不少书，要懂得怎样照顾父母。在危急时要格外镇定，就像我在边上照顾你们一样。"

我已哽咽得说不出话来，只好点点头。想想自己怎么能在危急中镇定得下来？胡云皋明明走了，怎么能像他在身边照顾我们一样呢？我真想喊："胡云皋，你别走啊！"可是我又好担心陈宝泰，他究竟怎样了呢？我又怎可不让他走呢？

小火轮来了，胡云皋紧紧捏了我一下手臂，就跨上船去，站在船头向我摆手。在泪眼模糊中，我心头历历浮现的是幼年时，胡云皋与陈宝泰带着哥哥与我玩乐的情景。他俩是看着我们一天天长大的。可是哥哥去世了，如今胡云皋又要在战乱中离我们而去，陈宝泰则是生死不明。真感来日艰难，千言万语，无从说起，只有祝福胡云皋一路平安。

他走后，我们屈指计算日子，一天又一天，一月又一月，竟是音信毫无。烽火连天中，他要捎个信自是非常困难。直到半年后，有人从杭州逃回，带来陈宝泰的信。说房子被日寇占据，改为野战医院，他被赶了出来，无法照顾，感到万分愧疚。日军原是答应他住在里面，为伤兵服务，他宁死不作顺民，只好逃走。还有一封信是给胡云皋的，劝他千万不要冒险回杭州，应该在家乡照顾我们。由此信可知胡云皋并未到达杭州与他会面。房子被焚虽是谣传，但身外之物，何足挂怀，使人忧心如焚的是胡云皋的下落不明。

自从与胡云皋在故乡的小火轮埠头分手，目送他消失在迷茫晨雾中，就再也没有他的音讯。以他的恩怨分明性格，想来定已遭日军杀害了。

复员后回到杭州，连陈宝泰也不见踪影，他究竟吉凶如何呢？

如果他平安无事，为何不来看我呢？难道他也已遇害了吗？想到他们的不幸，想到战乱中双亲的相继逝世，真个是国仇家恨，令人肝肠寸断。回顾杭州房屋，虽兀立依旧，而沧桑人事，何堪回首？

对有着江湖侠骨、而生死不明的胡云皋、陈宝泰二位可敬的老人，我只有心香一脉，翘首云天，以寄我永恒的思念！

问竹

　　故乡旧宅书房后面，是一方小小院落。自然地生长着一片茂密的竹林，枝条细长柔软，无论有风无风，都会发出沙沙之声。坐拥书城中，不时似闻细雨敲窗，苏东坡有诗云 "风吹古木晴天雨"（非苏东坡的诗句，乃白居易的诗句也。 "海天东望夕茫茫，山势川形阔复长。灯火万家城四畔，星河一道水中央。风吹古木晴天雨，月照平沙夏夜霜。能就江楼销暑否？比君茅舍较清凉。"《江楼夕望招客》），我倒觉得是 "风吹细竹晴天雨"呢。如遇真正的下雨天，那更是淅淅沥沥，琮琮琤琤，天然的乐曲，使人心情宁静，俗虑顿消。

　　父亲和我都是爱雨的人，因名书斋为 "听雨轩"。我从后山捡来许多松树的内皮，拣取波磔雅致的，拼成 "听雨轩"三字，悬于门上，倒也古意盎然。父亲看得高兴，就随口吟《示儿诗》绝句一首：

　　听风听雨一春迟，抛却南华学赋诗。

　　灯下为儿歌一曲，隔窗犹有竹相知。

　　父亲不是诗人，他的诗都是乘兴而作，自嘲为"打油"。我吟
唔再三，内心于感激中带着一份凄恻。因为我深深体味到父亲晚年寂
寞的心境，父女相依中，乃不由引竹为知音。那时父亲的肺病已日渐
沉重，避日寇于穷乡，药物缺乏。千辛万苦托友人自上海带回的退热
药丸，总是远水难救近火。因此，他每天下午四五点以后，潮热渐渐
上升，精神顿觉萎靡。只有在每天清晨，才扶杖到书房念《金刚经》
读《庄子》。我随侍在侧，看他脸颊一天天消瘦，语声一天天低微，
内心的忧急和酸楚，难以名状。却又不得不忍泪装欢，陪他谈今论
古。这是我们父女心灵最接近的时日，我焉能不爱惜每分每刻的宝贵
光阴？

　　下午扶着父亲在套房榻床上休息后，我回到书房看砚台余墨犹
浓，檀香炉里余烟缭绕，一室寂静中，只听到窗外细竹沙沙作声。我
踽踽地漫步到竹林中，低低念着父亲的诗，真要问一声竹子，是否
相知。

　　还记得有一天，忽见老长工阿荣伯双手捧着一炷香在竹林中恭
立膜拜，口中喃喃祝告。我问他为什么，他说是为我父亲祈祷紫竹观
世音菩萨，他愿意借自己二十年寿命给我父亲，求菩萨保佑他健康长
寿。我听了万分感动，也愿借无论多长的寿命给父亲。阿荣伯说：
"只要心诚，观音菩萨一定会听我们的祈祷的。"从那以后，阿荣伯
和我，每天一人一炷香，在竹林中虔诚祈祷，无论风雨，从不间断。

　　父亲精神较好的日子，也爱扶着拐杖在花园散散步，指点我什么

花叫什么名称，应当如何照顾培养。可是后来体力日衰，散步都没力气了，就躺在榻床上，命我去厨房为他熬药。他知我胆小，在晚上总尽量提高嗓子，为我吟古人诗句，让我一边听诗声，一边走那一条黑黑的长廊，不至害怕。可是，渐渐地，他的声音沙哑了，连说话的微弱声音都听不清了。

战乱中的生离死别，是人间最悲痛的事。父亲逝世后，我只身负笈上海，大学毕业后，回到故乡，老屋书房一角，已为日机炸毁。竹林也成一片废墟。对此满目疮痍。整理凌乱书籍残卷时，意外地发现用松皮拼成的"听雨轩"三字，跌落在墙角。父亲做的那首诗，顿时涌上心头。不禁又跑到后院，徘徊良久。又忽然发现地面上到处冒出绿绿的笋尖，原来竹子虽被摧毁，而生机不灭，深埋土中的根茎，又长出新笋来。我大喜过望，立刻请来工人帮忙将瓦砾残枝等运走，让竹笋得以畅快地成长，不久的将来，这里又可蔚成一片竹林了。

若是父亲健在，阿荣伯健在，对此一片新生竹林，将会多么高兴、多么安慰？父亲一定又将随兴濡墨，赋一首《示儿诗》以遣兴了。我冥想着，低声问竹，在那几年的漫烟烽火中，是否一直和父亲的英灵相伴，做他的知音……

没有等得及竹子成林，我又匆匆告别了故土。而至今，那一片遥远的竹林，是否无恙否？是否茁壮？问竹声中，我心澎湃。

压岁钱

又要分压岁钱了。我把一张张崭新十元新台币装进红封套，生活水平愈来愈高，十元、五十元、一百元捏在手里都一样是轻飘飘的，哪里像我们小时候，爸爸妈妈各给一块亮晶晶沉甸甸的大洋钱，外公给十二枚银角子——也就是一块银圆。外公说十二枚银角子比一块银圆分量重，所以他总是给我银角子。洋钱角子一起收在肚兜里，走一步，双脚跳一下，叮叮当当直响，好开心啊！晚上睡觉的时候，母亲才把它取出来，收在一只双仙和合的绣荷包里，绣荷包装不下了，就收在母亲的珠红雕花首饰盒里。收着收着，就不记得有多少了。到明年，打开首饰盒，一块洋钱也没有了，母亲说替我存入银行，供我长大上外路读书。那日子还远得很，我只要母亲给我肚兜里留几块洋钱与角子买鞭炮就够了。

我真懊恼，来台湾竟没有保留一块银圆，我已记不得十块银圆叠起来有多高，五十块有多高。只记得父亲说的，他从故乡赶早路到杭州读书，草鞋夹在胁下，口袋里就只两银圆，是曾祖父卖了半亩田给他当盘缠的。他已是同伴中最富有的一个了。可见银圆对大人们来说，是多么有分量的一笔财产。对孩子们来说，也是多么神通广大的一样玩意儿呢！

外公不但在大年初一给我银角子，整个正月里，他老给。比如我替他通旱烟管，通一次就是一枚银角子，装一次烟是一个铜板。外公常常讲一些陈年故事，讲了又讲，我都听厌了，我说："外公，我听一遍，你得给我一个铜板。"外公连说好，于是我就黏着他赚钱。我有个在城里念女子中学的四姑，她会用五彩毛线钩手提袋。她给我钩了个小钱包，分两层，一层放角子，一层放铜板。有一天，大门口叫卖桂花糕、烂脚糖（四四方方，当中圆圆一块黑豆沙像膏药，乡下人叫它烂脚糖）的来了，我正牵着小表弟在玩，为了表示做姐姐的慷慨，我掏出毛线钱包，取出一个铜板，给他买了一块桂花糕，他却嚷着要吃烂脚糖，烂脚糖得两个铜板，我有点舍不得，正犹疑着，我怕得像老虎似的二妈从大门口进来了，我赶紧把钱包收在口袋里，牵着小表弟就走，小表弟吃不成烂脚糖就大哭起来，二妈走过来，伸手在我口袋里拿出钱包说"哪来的钱？"我说："是外公给的压岁钱。"她说："压岁钱怎么会是铜板？还有，你怎么可以自己买东西吃？你爸爸不是告诉你不许吗？"她把钱包塞在狐皮手笼里，转身走了。这回大哭的是我，因为小表弟已经吓呆了。我抽抽噎噎地把详情告诉外公和母亲，母亲抿紧了嘴唇一声不响，眼中噙着泪水，外公喷着烟，仍旧笑嘻嘻的。我既心疼角子铜板被没收，还有一股受辱的气愤，却不知母亲心里是什么滋味。半晌外公敲着烟筒说："小春，别懊恼，她拿去就拿去，你会赚，给我端碗红枣桂圆汤来，我再给你一大枚。"我委委屈屈地说："她不该不相信我的钱是您和妈给的。"外公说："她哪儿不相信？她相信的，只因她自己没有女儿，没有压岁钱好给，心里不快乐就是了。"从那以后，我总是老远躲着二妈，不让她看见我开心的样子。我却是纳闷，她没有女儿好给压岁钱，为什么不给我呢？这个疑问，直到十几年后我长大了才想通。到我不再盼望压岁钱的时候，二妈却每年笑吟吟地给我五块银圆。我不得不接下来，接下来说声"恭喜新年"，心里却是凄凄冷冷的，一点儿新年的欢乐感觉都没有。若是她在我小时候，不没收我的毛线钱包，或是高高兴兴地拿两个铜板买一块烂脚糖给小表弟吃，我将会多么快乐，多么喜欢她。

我有一个小叔叔，吊儿郎当，却是我的好朋友。他比我大好多岁，我把他佩服得不得了。外公也夸他聪明，只是不学好。比如他喜欢吃鸭肫肝，母亲给他偏不要，背地里却去储藏室偷，一偷就是一大串，起码四五个。有时还加一只香喷喷的酱鸭。坐在后门外矮墙边，拿柴火边烤边吃，还叫我替他偷父亲的加利克香烟。叔婆疼我，大年初一，我给她磕头拜年，她从贴肉肚兜里掏出蓝布包，打开一层又一层，拿起一块洋钱递给我说："哎，给你买鞭炮。"母亲不准我拿叔婆的辛苦钱，可是小叔在她后面做鬼脸要我拿，我伸伸舌头收下了。叔婆一走开，小叔叔就说："我教你一套新戏法，你把一块钱给我。"我马上就给他了，他教了我一套洋火梗折断了又还原的戏法。他拿了洋钱，去了半天回来又对我说："再借我一块钱，我去捞赌本，赢了加倍还你。"我口袋里只放两块洋钱，借了他一块，只一块独自就不会叮叮当当地响了。我打算不借他，他说不跟我滚铜子儿玩，不陪我看庙戏了，没奈何我又借了他。第二天他回来对我摊摊手说："运气不来，以后再还你。"却从口袋里摸出个大橘子给我，说是庙里供菩萨偷来的，吃了长命百岁。我把橘子使劲扔进水沟里，又把剩下的一块洋钱和一些角子统统抓出来，捧到他鼻子尖前面，大声地说："你拿去赌，把它统统输光好了，就赌这一次，永远别再赌了。"他吃惊地望着我说："小春，你生我的气了。"我说："我气你，叔婆也气你，我外公和妈都要不喜欢你了，你老做坏事情。"他坐在台阶上，从泥地上捡起一片烂叶子说："我就像这片烂叶子，飘掉了，树上也看不出少了一片叶子。"我说，"你为什么不做长在树上的青叶子呢？"他望了我半晌说："好，你就再借我一块钱，我去还了赌债，从此不赌了。"他拿了我的钱，十分有决心地走了。可是一去四五天不见，直等有一天长工把他背回来，他的头挂在长工肩膀上荡来荡去，像一只宰掉的鸭子，醉得一点知觉没有。叔婆见了他哭，我也哭。我不是心痛压岁钱，而是心痛他说了话不算数。从那以后，他再对我自怨自艾、赌咒发誓，我都不信了。后来我去了杭州，寒假回家，看见他还是那副吊儿郎当的样子。彼此都长大了，距离也远了，好像没什么话好谈。他给我提来一篓红红的橘子。我问他都干些什么，他说给人打点零工，写写春联。他凄惨地笑了一笑说："你出门读书以后，我就没处拐压岁钱了。"我听了心情黯然，却又找不出话安慰他，他又叹息地说："我终归是一片烂叶子，谁也没法把它粘回到树上了。"

母亲的一个朋友，我喊她二干娘。她排行第二，三十岁还没结婚，所以大家背地里都喊她三十头。母亲却非常敬重她，说她孝顺、俭省、勤恳。为了疯瘫的父亲，宁可让姐妹们都一个个结婚了，自己终身不嫁，当护士挣钱侍候老人。她真是好俭省，热天里老是一件淡蓝竹布单衫，冷天里老是一件藏青哔叽旗袍，头上戴一顶黑丝绒帽子，把个鼓鼓的发髻包在里面，看去好老气。可是她长得细皮白肉的，眉毛好长好长，眼睛很亮，见了人总是笑眯眯的。我很喜欢她。她每年新年来拜年，总是给我一块银圆压岁钱。可是有一年，她只给我一包用花纸包着的糖，没有马上摸出压岁钱来。我特地给她摇摇晃晃地端上一盏红枣莲子汤，她用小银匙挑了一粒莲子，放在嘴里，然后打开扁扁的黑皮包，取出手帕来抹了下嘴角，还是没有拿出压岁钱来。我靠在母亲身边，眼巴巴地望着她，对于一包糖，我是不够满足的。坐了一回，她起身告辞了，我忍不住跟母亲说："妈，她还没给我压岁钱呢？"母亲使劲拧了我一把，她却仍是笑嘻嘻的，好像没听见。等她走出大门，我也不由得喊了她一声"三十头，小气鬼"。

很多年后，有一个正月，她来我家，还是那件藏青哔叽旗袍，一顶灰扑扑的绒线帽子，压到长眉毛边，帽檐下露出几缕稀疏的白发。三十头已老了好多好多，她不再细皮白肉，两颊瘦削，眼睛也不那么亮了。她见了我，紧紧捏着我的手，问长问短。她告诉我老父已经去世好几年，她仍没有结婚，却领了妹妹一个孩子来养，伴伴老境。可是最近病了一大场，把为孩子积蓄的学费全病光了，说到这里，她忽然停住了，半晌又叹一口气说："可惜你母亲不在杭州。"她打开扁扁的皮包，取出手帕擦眼睛。我想起自己小时候骂她三十头小气鬼的事，不由坐到她身边，亲切地说："二干娘，你别心焦，我有点压岁钱，先给你，我再写信请妈寄钱给你。"她抬起婆娑的泪眼望着我说："你太好心了，可是我不能借你孩子的钱，我还是另外去想办法吧！"我已三步两脚上了楼，捧出我的福建漆保险箱，把全部几十元银圆都取出来，用手帕包好，下楼来递给了她，她犹疑了好一阵子，却只取了一半说："这就差不多了。"她又凄然一笑说："你小时候，我都没有年年给你压岁钱，现在反而借用你的压岁钱了。你真像你妈，有一颗好心。祝福你妈和你都有好福气。"听了她的话，不知怎的，心里一阵酸楚。想起母亲常常叹自己命苦。她现在远在故乡，过着孤寂的乡居生活，我又为学业不能去陪伴她，她能算是有福气吗？心里想念母亲，不由得紧紧捏着二干娘的手，牵着她走出大门，灰蒙蒙的天空已飘起雪来。她把帽檐压得更低，拉起旧围巾把身子裹得紧紧的，眼圈红红的望着我说："给你妈写信时，说我好想念她。"她低下头，伛偻着身子走了。雪天的长街好宽阔好冷清。雪花大朵大朵地飘落在她的黑绒帽上、旧围巾上，她一步步蹒跚地向前走去。前面的路还有多长呢？这样冷的天，她连大衣都不穿，在寒风中挣扎。她侍奉完了长辈，再抚育小辈，一生都不曾为自己打算。她好像就没有少女时代，一开始就被喊作三十头。三十、四十只是转瞬之间，她已经老了。她老了，我母亲也老了。而我这个只知道讨压岁钱的傻丫头却长大了。我摸摸口袋里剩下的银圆，叮叮当当地发出柔和而凄清之音。童年的岁月，离我很远很远了。

现在，孩子向我讨压岁钱，我给他两张十元新台币，他满足地笑一笑，蹦跳着去买鞭炮了。而我呢？我但愿有一位长辈，给我一块亮晶晶沉甸甸的银洋钱或几枚银角子，让我再听听叮当的撞击之音。

泪珠与珍珠

所谓慧眼，也非天赋，而是由于阅读经验的累积。

分辨何者是不可不读之书，何者是可供浏览之书，

何者是糟粕，弃之可也。

如此则可以集中心力，

吸取真正名著的真知灼见，拓展胸襟，培养气质，

使自己成为一个快乐的读书人。

泪珠与珍珠

　　我读高一时的英文课本，是奥尔珂德的《小妇人》，读到其中马区夫人对女儿们说的两句话："眼因流多泪水而愈益清明，心因饱经忧患而愈益温厚。"全班同学都读了又读，感到有无限启示。其实，我们对那时的少女情怀，并未能体会什么是忧患，只是喜爱文学句子本身的美。

　　又有一次，读谢冰心的散文，非常欣赏"雨后的青山，好像泪洗过的良心"。觉得她的比喻实在清新鲜活。记得语文老师还特别加以解说："雨后的青山是有颜色、有形象的，而良心是摸不着、看不见的。聪明的作者，却拿抽象的良心，来比拟具象的青山，真是妙极了。"经老师一点醒，我们就尽量在诗词中找具象与抽象对比的例子，觉得非常有趣，也觉得在作文的描写方面，多了一层领悟。

　　不知愁的少女，最喜欢的总是写泪与愁的诗。有一次看到白居易新乐府中的诗句："莫染红丝线，徒夸好颜色。我有双泪珠，知君穿不得。莫近烘炉火，炎气徒相逼。我有两鬓霜，知君销不得。"大家都喜欢得颠来倒去地背。老师说："白居易固然比喻得很巧妙，却不及杜甫有四句诗，既写实，却更深刻沉痛，境界尤高。那就是：'莫自使眼枯，收汝泪纵横。眼枯即见骨，天地终无情。'"

老师又问我们："眼泪是滚滚而下的，怎么会横流呢？"我抢先回答："因为老人的脸上满布皱纹，所以泪水就沿着皱纹横流起来，是描写泪多的意思。"大家听了都笑，他也颔首微笑说："你懂得就好。但多少人能体会老泪纵横的悲伤呢？"

人生必于忧患备尝之余，才能体会杜老"眼枯见骨"的哀痛。如今海峡两岸政策开放。在返乡探亲热潮中，能得骨肉团聚，相拥而哭，任老泪横流，一抒数十年阔别的郁结，已算万幸。恐怕更伤心的是家园荒芜，庐墓难寻，乡邻们一个个尘满面，鬓如霜，那才要叹"未老莫还乡，还乡须断肠"。这也就是探亲文学中，为何有那么多眼泪吧。

说起"眼枯"，一半也是老年人的生理现象，一向自诩"男儿有泪不轻弹"的外子，现在也得向眼科医生那儿借助于"人造泪"以滋润干燥的眼球。欲思老泪横流而不可得，真是可悲。

记得儿子幼年时，我常常要为他的冥顽不灵气得掉眼泪。儿子还奇怪地问："妈妈，你为什么哭呀？"他爸爸说："妈妈不是哭，是一粒沙子掉进她眼睛里，一定要用泪水把沙子冲出来。"孩子傻愣愣地摸摸我满是泪痕的脸。他哪里知道，他就是那一粒沙子呢？

想想自己幼年时的淘气捣蛋，又何尝不是母亲眼中催泪的沙子呢?

沙子进入眼睛,非要泪水才能把它冲洗出来,难怪奥尔珂德说"眼因流多泪水而愈益清明"了。

记得有两句诗说:"玫瑰花瓣上颤抖的露珠,是天使的眼泪吗?"想象得真是。然而我还是最爱阿拉伯诗人所编的故事:"天使的眼泪,落入正在张壳赏月的牡蛎体内,变成一粒珍珠。"其实是牡蛎为了努力排除体内的沙子,分泌液体,将沙子包围起来,反而形成一粒圆润的珍珠。可见,生命在奋斗历程中,是多么艰苦!这一粒珍珠,又未始不是牡蛎的泪珠呢!

最近听一位画家介绍岭南画派的一张名画,是一尊流泪的观音,坐在深山岩石上。他解说因慈悲的观音,愿为世人负担所有的痛苦与罪孽,所以她一直流着眼泪。

泪不为一己的悲痛而为芸芸众生而流,佛的慈悲真不能不令人流下感激的泪。

基督教在虔诚祈祷时,想到耶稣为背负人间罪恶,钉死在十字架上,滴血而死的情景,信徒们常常感激得涕泪交流。那时,他们满怀感恩的心,是最最纯洁真挚的。这也就是奥尔珂德说的"眼因多流泪水而愈益清明"的境界吧!

读书琐忆

我自幼因先父与塾师管教至严，从启蒙开始，读书必正襟危坐，面前焚一炷香，眼观鼻，鼻观心，苦读苦背。桌面上放十粒生胡豆，读一遍，挪一粒豆子到另一边。读完十遍就捧着书到老师面前背。有的只读三五遍就琅琅地会背，有的念了十遍仍背得七颠八倒。老师生气，我越发心不在焉。肚子又饿，索性把生胡豆偷偷吃了，宁可跪在蒲团上受罚。眼看着袅袅的香烟，心中发誓，此生绝不做读书人，何况长工阿荣伯说过："女子无才便是德。"他一个大男人，只认得几个白眼字（家乡话形容少而且不重要之意），他不也过着快快乐乐的生活吗？

但后来眼看五叔婆不会记账，连存折上的数目字也不认得，一点辛辛苦苦的钱都被她侄子冒领去花光，只有哭的份儿。又看母亲颤抖的手给父亲写信，总埋怨词不达意，十分辛苦。父亲的来信，潦潦草草，都请老师或我念给她听，母亲劝我一定要用功。我才发愤读书，要做个"才女"，替母亲争一口气。

古书读来有的铿锵有味，有的拗口又严肃，字既认多了，就想看小说。小说是老师不许看的"闲书"，当然只能偷着看。偷看小说的滋味，不用说比读正经书好千万倍。我就把书橱中所有的小说，一部部偷出来，躲在远离正屋的谷仓后面去看。此处人迹罕到，又有阳光又有风。天气冷了，我发现厢房楼上走马廊的一角更隐蔽。阿荣伯为我用旧木板就墙角隔出一间小屋，屋内一桌一椅。小屋三面木板，一面临栏杆，坐在里面，可以放眼看蓝天白云，绿野平畴。晚上点上菜油灯，看《西游记》入迷时忘了睡觉。母亲怕我眼睛受损，我说栏杆外碧绿稻田，比坐在书房里面对墙壁熏炉烟好多了。我没有变成四眼田鸡，就幸得有此绿色调剂。

小书房被父亲发现，勒令阿荣伯拆除后，我却发现一个更隐蔽安全处所。那是花厅背面廊下长年摆着的一顶轿子。三面是绿呢遮盖，前面是可卷放的绿竹帘。我捧着书静静地坐在里面看，绝不会有人发现。万一听到脚步声，就把竹帘放下，格外有一份与世隔绝的安全感。

我也常带左邻右舍的小游伴，轮流地两三人挤在轿子里，听我说书讲古。轿子原是父亲进城时坐的，后来有了小火轮，轿子就没用了，一直放在花厅走廊角落里，成了我们的世外桃源。游伴们想听我说大书，只要说一声："我们进城去。"就是钻进轿子的暗号。

在那顶轿子书房里，我还真看了不少小说呢。直到现在，我对于自己读书的地方，并不要求如何宽敞讲究，任是多么简陋狭窄的房子，一卷在手，我都能怡然自得，也许是童年时代的心理影响吧。

　　进了中学以后，高中的语文老师王善业先生，对我阅读的指导，心智的发现至多。他知道我已经看了好几遍《红楼梦》，就教我读王国维《〈红楼梦〉评论》。由小说探讨人生问题、心性问题。知道我在家曾读过《左传》《孟子》《史记》等书，就介绍我看朱自清先生古书的精读与略读，指导我如何吸取消化。那时中学生的课外书刊有限，而汗牛充栋（形容书籍极多。汗牛，用牛运输，牛累得出汗；充栋，堆满了屋子。）的旧文学书籍，又不知如何取舍。他劝我读书不必贪多，贪多嚼不烂，徒费光阴。读一本必要有一本的心得，读书感想可写在纸上，他都仔细批阅。他说："如是图书馆借来的书，自己喜爱的章句当抄录下来。如果是自己的书，尽管在书上加圈点批评。所以会读书的人，不但人受书的益处，书也受人的益处。这就叫作'我自注书书注我'了。"他知道女生都爱背诗词，他说诗词是文学的，哲学的，也是艺术音乐的，多读对人生当另有体认。他看我们有时受哀伤的诗词感染，弄得痴痴呆呆的，就叫我们放下书本，带大家去湖滨散步，在照眼的湖光山色中讲历史掌故、名人轶事，笑语琅琅，顿使人心胸开朗。他说读书与交友像游山玩水一般，应该是最轻松愉快的。

　　高中三年，得王老师指导至多，也培养起我阅读的兴趣，与精读的习惯。后来抗战期间，避寇山中，颇能专心读书，勤做笔记。也曾手抄喜爱的诗词数册，可惜于渡海来台时，行囊简单，匆遽中都未能带出，使我一生遗憾不尽。现在年事日长，许多读过的书，都不能记忆，顿觉腹笥枯竭，悔恨无已。

大学中文系夏瞿禅老师对学生读书的指点，与中学时王老师不谋而合。他也主张读书不必贪多，而要能选择，能吸收。以饮茶为喻，要每一口水里有茶香，而不是烂嚼茶叶。人生年寿有限，总要有几部最心爱的书，可以一生受用不尽。有如一个人总要有一二知己，可以托生死共患难。经他启发以后，常感读一本心爱之书，书中人会伸手与你相握，彼此莫逆于心，真有上接古人，远交海外的快乐。

最记得他引古人之言云："案头书要少，心头书要多。"此话对我警惕最多。年来总觉案头书愈来愈多，心头书愈来愈少。这也许是忙碌的现代人同样有的感慨。爱书人总是贪多地买书，加上每日涌来的报刊，总觉时间精力不足，许多好文章错过，心中怅惘不已。

回想当年初离学校，投入社会，越发感到"书到用时方恨少"。而碌碌大半生，直忙到退休，虽已还我自由闲身，但十余年来，也未曾真正"补读生来未读书"。如今已感岁月无多，面对爆发的出版物，浩瀚的书海，只有就着自己的兴趣，与有限的精力时间，严加选择了。

我倒是想起袁子才的两句诗："双目时将秋水洗，一生不受古人欺。"我想将第二句的"古"字改为"世"字。因他那时只有古书，今日出版物如此丰富，真得有一双秋水洗过的慧眼来选择了。

所谓慧眼，也非天赋，而是由于阅读经验的累积。分辨何者是不可不读之书，何者是可供浏览之书，何者是糟粕，弃之可也。如此则可以集中心力，吸取真正名著的真知灼见，拓展胸襟，培养气质，使自己成为一个快乐的读书人。

清代名士张心斋说："少年读书，如隙中窥月。中年读书，如庭中赏月。老年读书，如台上望月。"把三种不同境界，比喻得非常有情趣。隙中窥月，充满了好奇心，迫切希望领略月下世界的整体景象。庭中赏月，则胸中自有尺度，与中天明月，有一份莫逆于心的知己之感。台上望月，则由入乎其中，而出乎其外，以客观的心怀，明澈的慧眼，透视人生景象。无论是赞叹，是欣赏，都是一份安详的享受了。

方寸田园

　　一位文友自美归来，与朋友们畅叙离情以后，就悄悄地回到她乡间自己经营的三间小屋中，读书译作，静静地度过农历新年。她可说真懂得众人皆忙我独闲的诀窍，追求归隐生活的恬静。难怪另一位文友欣羡地说："真希望什么时候也有个田园可归。但又觉得自己仍不够那份淡泊，俗愿尚多，大概没有那种福分。"

　　玲珑的三间小屋隐藏在碧树果林之中，满眼的绿水青山，满耳的松风鸟语，整天里不必看时钟，散步累了就坐在瓜棚下看书，于倦抛书，就可以睡一大半天，太阳、月亮、星星，轮流与你默默相对，这份隔绝尘寰的幽静，确实令人神往。但若没有朋友共处，会不会感到寂寞呢？且看小屋的主人，住不多久，就匆匆赶回十丈软红的台北市，一到就打电话找朋友再次"畅叙离情"。可见田园的幽静，还是敌不过友情的温馨。古代的隐士，在空谷中闻足音则喜。因为"鸟语"究不及"人语"可以互通情愫。陶渊明先生尽管嚷着"息交绝游"，但他在"乐琴书"之外，仍然要"悦亲戚之情话"。他的理想国桃花源中人，一个个都要设酒杀鸡，款待洞外闯入的陌生人，也关心着洞外的人间岁月。我想那时代如果已有电话，陶先生一定会在北窗高卧、酒醒之时，拨个电话和山寺老僧聊上半天，或是给念一首新作好的长诗，彼此讨论一番。因为"得句锦囊藏不住，四川风雨送人看"的人，怎么离得开朋友呢？

我认为山水使人理智清明，友情使人心灵温厚。名山胜迹，总愿与好友同游；美景良辰，亦望与好友同享。张心斋把朋友分成五类，他说："上元须酌豪友，端午须酌丽友，七夕须酌韵友，中秋须酌淡友，重九须酌逸友。"他固然妙语如珠，亦见得前人有此清闲。而我们如能于百忙之中挤出一点时间，约二三知友小酌，琅琅笑语，畅话平生，其乐并不亚于徜徉于青山绿水之间。辛弃疾不是说吗："我见君来，顿觉吾庐溪山美哉。"溪山就是好友，好友胜似溪山，想起王安石与苏东坡在政见上是死对头，可是安石罢官退隐金陵以后，东坡去探望他，安石留他同住山间。东坡答诗云："劝我更谋三亩宅，从君已觉十年迟。"依旧是无限文章知己之感。

人到中年以后，心情由绚烂趋于平淡，本来都会倾向山水田园，可是生为一个忙碌的现代人，既无时间寻幽探胜，更不可能遁迹深山，倒不如安之若命地在现实生活中，追寻一些那位文友所谓的"俗愿"，亦未始不可以充实一下心灵。否则居魏阙而思江湖，心情反而不能平静。杜甫虽然讴歌"在山泉水清，出山泉水浊"，他自己并不甘心做一个"天寒翠袖薄，日暮倚修竹"的佳人。因为他既有"致君尧舜上，再使风俗淳"的大愿，也有"但愿我与汝，终老不相离"的小愿。人若没有一愿，就没有了热诚，也失去了生活的情趣，恐怕连山水田园之乐，都不能体会了。

说起我们这些人的俗愿，也是非常容易满足的。比如说，逛逛书店，买到自己心爱的书；观摩书画展，领略一下名家笔下的意境；听听音乐会、演讲会，扩展一下胸怀；抽空去买点鲜花或小摆饰给小屋添点生机绿意；甚至研究一下化妆术使自己容光焕发一番；以至学习一下烹调术使全家大快朵颐，这些都不能说是奢侈的俗愿，倒可以说是极淡泊的雅愿，使自己活得健康，活得快乐。同时将快乐、健康与友人共享，如此则虽然身处现代都市之中，也不会感到都市的俗尘，令人生厌了。

最近在一位朋友家中小聚，他小小的客室壁间，挂着不同风格的书画。风雅的主人如数家珍似的为我们解说画法、笔意。他的书房里更有许多心爱的汉砚，青田石陶器等等，闲来把玩，意兴无穷。最有趣的是书桌边一树枯藤，悬着一个葫芦。书架上一座老树丫杈，嵌着一块圆卵石，他将山中的盎然古意，移置几案之间，真是位懂得如何美化生活的雅人。如此看来，我们暂时无田园可归时，无妨在方寸灵台之间，自辟一片田园，不但自己能徜徉其间，亦可以此境与朋友共享。那么，纵使"结庐在人境"，也可以"心远地自偏"了。

自己的书房

　　一间属于自己的书房，多么让人感到舒畅，自由而温暖。我就坐在客厅与饭厅的餐桌一角，读书，写稿。晚上他在家时，我们各据一方，一盏高而老的台灯，还是朋友从地下室掏出来送给我的。古色古香的灯罩上，我自己涂上了猫狗的儿童画。灯光一透出来，它们就活了，对我跳，对我笑。愈看愈满意自己的杰作。

　　我们在灯下看报，谈心，涂涂写写。他那不熟练的打字机声，啪啪啪的，很有节奏，但不至催我入梦，因为我正陶醉在诗词或小说里。有时念两句名句与他共享，他就会用四川乡音朗吟起来。那倒真有点催眠作用了。讲小说故事，他是不太有兴趣听的，因为他略微缺少点"文学想象力"。他的兴趣在"踏踏实实的生活"上，如何改善生活，如何增进健康，是他喜欢研究的。我们虽道不同，仍可相与谋，因为我稿费的微薄收入归他经管，他的饮食归我料理。因此，一同挑灯夜读，仍旧其乐融融。

　　我们的书，从台湾带来一部分心爱的，来此后也陆续添了不少。

但我们一直没有买书橱，就由他的巧手用卡通箱自制，倚着墙壁一字儿排开，他编的书目分类可使我信手抽出书来。"书橱"背上摆上各色盆花，迎着窗外的和风丽日，欣欣向荣。屋子坐北朝南，他说风水是最好的。远处是青山绿树，近处是各型玲珑的房屋，屋前院子里四季花木扶疏。一到晚上，那远远近近的灯光令你着迷，静悄悄的小镇，就像属于你一个人的了。

我的"书房"，就是如此令我满意，尽管它是如此的简陋。

说实在的，我始终未曾有过一间真正的书房，但过去每间简陋的书房，都使我留下一段温馨的怀念。

刚到台湾时，行囊中只有《唐宋名家词选》一部小书和一本手抄的《心爱诗词选》。工作安定以后，省吃俭用地添购了一些书。开始写作后，文友赠书渐增，心灵天地也拓宽了。

但那时我的书房，上即是办公室底层。书桌是一张有靠手的藤椅上加一块他自己刨制的光滑木板。木板是万能的，移来移去当餐桌，当缝纫桌，也当书桌。书柜是三层木架，饰以绿帘。在那方寸的木板上，我有过涌泉的灵感，写下不少篇章。在楼上的办公室里，我也理出一角，在夜晚可以上来静静地看书写稿。白天，即使是在嘈杂的谈话声或打字机声中，我仍可抽空阅读。二十多年的公务员生涯，我就在忙碌的工作中，不忘旧业，培养兴趣。在我心中，一直有一间"自己的书房"。我总尽量保有"亭子小如斗，我心宽似天"的境界，我从来没有羡慕别人富丽堂皇的房屋。

不敢说自己是淡泊，但能如此安于现状，不能不感谢童年时代那位认不得几个大字的阿荣伯，是他给我建造了第一间书房。在那里面，我很满足地感到，方寸之地便是自己的天地。在那里面，我早早养成了易于满足的性格。

那时，乡间房屋虽大而松散，族里来往的亲戚多，好像每一间房子都有人住，总有人进进出出。我是从小喜欢有个自己角落的人，而老师教我读书的书房又是那么的冰冷严肃。于是巧手的阿荣伯，就为我在楼上罕有人到的走马廊一角，用木板隔出一间小小的房间。有一面倚着栏杆，可以远眺青山溪流与绿野平畴。阳光空气既好，又少蚊蝇来袭，有时小鸟飞来，停在栏杆上，友善地和我对望片刻又悠然飞走。阿荣伯叫我以小米喂它们以后，它们都停到我手背上来了。

房间里有一张小木桌、一张小木凳，一只矮木箱，里面藏的是老师不许看的小说，与小朋友交换来的香烟画片，还有阿荣伯的木炭画（那是他用木炭在粗纸上描的关公、张飞，这是他最敬佩的两位"神佛"。他说赵子龙太轻了，画不好，关公和张飞的胡子很好画）。我坐在里面，为的是逃学，偷看小说，吃花生糖、炒米糕、橘子。那都是乘母亲不备时偷来的，装在一个小盒子里慢慢地吃。阿荣伯给我的是田里拔来的嫩番薯、嫩萝卜，都是母亲不许生吃的。阿荣伯说吃点泥土才会百病消除，长大得更快。

小书房曾一度被父亲命令拆除，阿荣伯再为建造。我那时还不到十岁，因母亲的忧郁感染着我，常觉得做人好苦，而萌逃世之念。阿荣伯说："把心思放在一件事情上，定一个心愿去做就快乐了。"

他的话很有道理，我就专心看小说，也背书，比在老师教我读书的真正书房里专心得多，因为这是我喜欢的地方，它使我有遗世独立之感。

我长大了，要出门求学，不能永远待在那间小书房里。可是小书房一直是我留恋记挂的。多少年后回到家乡，赶紧跑到楼上走马廊的一角看看，木板屋尚未拆除，里面小桌小凳都已不知去向，木箱仍在，里面还剩了一本《西游记》。我呆呆地站在那里，小时候的情景一幕幕想起来。木板小屋是阿荣伯的手艺，是他为我建造的书房。我的童年在此度过。阿荣伯教我的话，我也仍牢记心头。我虽不能再坐在这里面读书，但这间书房将永远在我心中。

今天，我清清静静地坐在书桌边，抬眼望窗外艳阳下的好风景，童年时代的第一间书房便涌现心头。它启示我如何排除忧患，知足常乐。

梦中的那粒糖

儿子幼年时，有一天早上醒来，边哭边喊："我的糖呢？我要我的糖。"我搂着他说："宝宝在睡觉时没有吃糖呀！"他仍坚持着，抽抽噎噎地说："有吃糖，跌一跤掉在地上找不到了。"

我方恍然他是在梦里吃糖跌跤，把糖跌掉了。幼儿分不清梦境与现实，因而哭着要那颗永远也找不回的糖。

这和中国笑话中一个酒徒买酒的故事非常像。

一个穷汉在梦中买一壶酒，捧在胸前闻了又闻舍不得喝，心想好不容易有一壶酒，待回家把它温一下再喝吧，没想到一不小心跌了一跤，壶破了，酒洒了，梦也惊醒了。他万分懊恼地说："早知如此，不如就喝冷酒吧！"

穷汉喝不成酒是酸辛的，幼儿丢掉了糖也会心疼地哭。想想人生在现实与梦之间，有多少的无奈啊！

"梦"是诗人笔下出现最多的字眼。例如："梦中不识路，何以慰相思。""梦魂惯得无拘检，又踏杨花过谢桥。""梦也、梦也。

梦不到，寒水空流。""觉来知是梦，不胜悲。"正是王国维说的
"最是人间酒醒梦回时"的失落感。

但这些词句都明白地说出了梦的破灭，我最最欣赏的还是晏小山
的一首，《女冠子》最后四句："归梦碧纱窗，说与人人道：真个别
离难，不似相逢好。"他写的一直是梦中相聚的欢乐，却未曾道破梦
醒，所以格外的含蓄，也格外的令人低怅惘。

记得在大学时，我们女同学都迷《红楼梦》，在宿舍中每每谈至
深夜不寐。我当年曾戏作了一首打油诗："红楼一读一沾襟，底事干
卿强效颦（因林黛玉是爱哭的颦卿）。夜夜连床同说梦，世间儿女几
痴人。"如今将末句改为"几生修得作痴人"，似较原句空灵多了。

一幕幕往事，恍如春梦。想想当年从梦中惊醒，哭着要糖的儿
子，现在也已经三十多岁了。他本性温厚热诚，却过分沉于幻想。我
不知道他这许多年来寻梦的心情如何？在一个做母亲的心中，总为孩
子的现实生活愁风愁雨。有时我们母子相对，看他不言不语，一脸茫
然的神情，我不免心酸也焦急，难道到今天他仍在找寻梦中失落的那
粒糖吗？

儿子的礼物

一位好友的女儿，寄来她在报上发表的一篇文章给我看。内容是写她十几岁的儿子在幼年时亲手雕了一对烛台送给她，做母亲的当然是万分地宝爱。儿子渐渐长大了，有一天，他发脾气，顺手拿起一只烛台扔向母亲。母亲于吃惊与盛怒之下，抬起地上的烛台，竟把柜子上的另一只一起扔进垃圾桶。儿子怔在那里，怨怨的眼神里仿佛说："你扔吧，给你的东西，你爱怎么扔就怎么扔。"第二天一早，她后悔了去垃圾桥边想把烛台拾回来，却已被清道夫收拾走了。

她心头感到无比的刺痛，尤其是想起儿子当时雕刻的那番心意和所花的工夫。她叹息道："为什么美好的东西，总是在失去之后才觉得格外可爱？"

看着她的文章，我止不住泪水涔涔而下。我感触于母心之苦涩，也悔恨自己既不是一个孝顺体贴的女儿，又不会扮演好母亲的角色。如今以垂暮之年，纵横老泪，也冲不去心头的伤痛。

和作者一样，我也有一样儿子的礼物，那是在童年时他用火柴棒搭起来的立体"快乐"二字。那真是玲珑剔透、巧夺天工。我是那么的珍惜它，把它放在玻璃树最妥帖最显著的地方。年复一年地，火柴棒的红蒂头褪色，骨架因胶水渐渐脱落而松散了，它已不能竖起放，我只好把它小心地收在一只盒子里。几度的搬迁，我是小心地带着它。现在，它就放在床边书架上。我常常端起盒子细看，真不能相信这是儿子的杰作。悠悠二十年岁月的痕迹，都刻画在那一根根带有微尘的暗淡火柴棒上。而它所给予我的是那一份诚挚的"快乐"。我心里有太多的感激，也有太多的感慨。

记得那个深夜，他把房门关得紧紧的，亮着灯不睡。我总当他偷看从摊上借来脏兮兮的"小人书"，几次敲门催他睡，他只是不理，我气得一夜未睡好。次晨他上学了，却见书桌上端端正正摆着这件精致的手工，边上一张卡片，写着"妈妈，给你快乐"。我的感动无法名状，我真是快乐了好多好多时日啊！

他渐渐长大了，我们母子时有争吵，他曾愤怒地出走数日不归，我守着虚掩的大门通宵达旦，我看着"快乐"二字泫然而泣。固然儿子并没像这位朋友的孩子那样，拿起自己做的手工扔向我，但他对我珍惜这件礼物所表现的无动于衷，却使我心酸。每次央求他修补一下火柴棒的骨架，他总是漫不经心地一再拖延。我了解这是无法勉强的，时光不会倒流，童稚亲情不复可得。儿子成人了，我已老了。当年母亲说得对，"一代归一代，茄子拔掉种芥菜。"母亲那时已知代沟之无法弥补了。

　　我再想想这篇文章的作者，是我看她长大的，她在初中时，每周两次的夜晚，带了两个弟弟，背着书包到我家来读古文。他们的专注神情都在眼前，一下子他们也将近中年了。她现已是两个孩子的母亲，也尝到了做母亲的滋味。但在给我的信中，她仍幽默地说："母亲来时，总是看了我事事不顺眼。"这就是两代的不同吧。

　　其实在我心目中，她母亲是个新派人物，对子女的教育极为开明，不像我对儿子的管教是一个钉子一个眼，无怪会引起他的反感了。

　　几年前，她和双亲同来我家小聚，她的娴静、深思和谈吐的优雅，总使我想她少女时代的无忧神情，怎么她今天也会为母子偶然的冲突而恼怒呢？

　　她在文章结尾时说："希望儿子成长为一个有用而快乐的人。"足见母心尽管苦涩，却是永远满怀希望的。

　　她道出了天下父母心，也给了我一份温暖与启示。我也不要再为儿子送我的那一对骨架松散的"快乐"二字，而感触万千了。

书与友

友情的获得就像作诗的灵感似的。古人有一首吟灵感的诗说："我去寻诗定是痴，诗来寻我却难辞。今朝又被诗寻着，满眼溪山独往时。"满眼溪山，便不由诗意盎然，而溪山之美，正有如好友可爱的面目。辛稼轩词不是吗？"我见君来，顿觉吾庐，溪山美哉。"于此足见友情的弥足珍贵了。

朋友不必滥交，徒费宝贵的光阴与精力。而有几个颇为意趣相投的朋友之外，却必须有一二可以共患难托死生的朋友。正如书籍要博览，却必须有几部精读的书，为自己安身立命的地步。胡适之先生说的："为学当如金字塔，要能博大要能高。"我们并不是都希望能成为某一门学问的专家，而精读一部书，于心情苦闷时，作为倾诉心事的对象，却是无论如何不可少的。如果没有书也没有朋友，一颗心就没个着落，无所依归了。

说到友情，都会想到后汉时代张劭、范式那一段感人的故事。张劭归省母，范式与他约定两年后的某日到他家里拜母。到那一天，张劭请母亲杀鸡置酒以待，母亲说："两年之期，千里结言，巨卿（范式字）何能守约？"张劭说："巨卿信士，必不爽约。"不久，巨卿果然来了。后来张劭病故，发丧时，棺木沉重不能前进，其母抚棺哭问："你岂在等待巨卿吗？"语未已，远远地果见范巨卿素车白马，号哭而来。原来巨卿已先梦见元伯（张劭字）去和他诀别了。朋友的心灵相通一至于此，确实令人感动。

有一位诗人哀悼朋友，就是引用这段故事。他的朋友生前交游广阔，却没有一个真正的知己。因此死后异常的凄冻冷落。所以他作了这样一首诗："平昔交游滥酒杯，如今寂寞到泉台。不须棺木如山重，无复山阳白马来。"（范巨卿，山阳人。）人生到如此境地，也真令人可叹。

由此可见，书本与友情正是同样的可贵，一个人若没有领会读书之乐，也没有一二知心的好友，那真是虚度一生了。

雪中小猫

温暖的灯光照着他，在他一定有如春阳普照吧？

看他这么自在快乐，懵然不知死亡可随时来临，我，怎忍心不给他一分安全感呢？不，我并没资格给他安全感，如同我并没资格夺取他的生命一样，他原当有他生存的权利的。

好像是日本的，一茶和尚的诗：

"不要打他，苍蝇正在搓着他的手、他的脚呢！"

生命是多么美妙与庄严啊！

雪中小猫

雪积了一尺多高，细鹅毛还在空中飞舞。我披了厚大衣，戴上绒帽走出去，沿着旁人踩过的脚印，一步步向前蹒跚。半个身子没在雪沟中，一片无边无际的白。一只大黑狗，从邻家蹦跳出来，随着小主人在雪中打滚，身上、鼻子上、额头上全是雪。"黑狗身上白，白狗身上肿"，真好可爱。我拍拍它，摸摸它下巴，它向我摇摇尾巴。我忽然想起自己的黑美人凯蒂，如果我把它带来，它一定只能坐在窗台上，隔着玻璃向外望，因为它胆子好小。可是隔着千山万水，我怎能把它带来？现在，我也不必再挂念它了，因为它已经走了，离开这个世界、离开我。

雪地里站着一个中年美国妇人，怀里抱着一只胖圆圆的三色小猫，像有磁石吸引似的，我迈向前去，微笑地问她：

我可以摸摸它吗？

当然可以，你要抱一下吗？它对谁都友善极了。

我把它抱过来，搂着它，亲它，一对绿眼睛多情地望着我，伸出舌头舔我的手背。它真是好亲昵，如果我也能天天抱着它该多好，我不禁喊了它一声凯蒂。它不叫凯蒂，它的名字是Payu。

噢，Payu。我当然知道它的名字不叫凯蒂。

它的主人絮絮地告诉我它的聪明伶俐，讨人欢心。它原来是一只小小的野猫，被她收留了。现在，有它陪着，日子过得好丰富、好温暖。

我也曾有一只小花猫，忽然来到窗外，把鼻子贴在玻璃上，向我痴望。我抱它进屋来，喂它牛奶、蛋糕。像凯蒂一样，它坐在书桌上静静地陪我看书。晚上睡在我肩膀旁边，鼻子凉凉地，时常碰到我的脸。可是它只陪了我三天三夜，却忽然不见了。每个清晨和傍晚，在风中、在雨中，我出去找它。千呼万唤……我唤它凯蒂，因为她就是我的凯蒂，可是它没有回来，就此倏然而逝。邻居告诉我，野猫野狗到冬天都会被卫生局带走，如无人收养，就打针让它们安眠，免得大风雪天它们在外飘零受冻挨饿。我看看怀中的猫，但愿它就是那只小花猫，已经找到了温暖的家，可是它不是的。那只小花猫到哪儿去了呢？它没有在雪中流浪，难道它已经被带走了吗？儿子来信告诉我，凯蒂自从我走后，不吃饭，不跳不跑，只是病恹恹地睡，饿了几个月，它就静悄悄地去了。它去的日子，正是这只小花猫来陪伴我的日子，那么它是凯蒂的化身吗，它是特地来向我告别的吗？

美国妇人还在跟我说她的小猫。我想告诉她，我也有过这样一只可爱的。猫，可惜已经不在了。但我没有说，还是不说的好。每当深夜醒来，凯蒂总像睡在我身边。白天我坐在书桌前，她照片里一对神采奕奕的眼睛一直在望我，凯蒂何曾离我而去？

我把小猫还给主人，她向我摆摆手走了。小猫从她肩上翘起头来看我，片刻偎依，便似曾相识。我又在心里低低地喊它：

凯蒂，我好想你啊。

海明威有一篇小说《雨中小猫》。那个美国少妇到了陌生的意大利，没有人和她说话，没有人懂得她的心意，连丈夫也只顾看书，头都不抬一下。她落寞地靠在阳台上看雨景，看到雨中一只彷徨无主的小猫。她忽然觉得自己想要一只小猫，她就去追它，一边喃喃地说：我要一只小猫，我就是要一只小猫。海明威真是懂得寂寞滋味的人。

好几年前，我卧病住医院时，深夜就时常有一只猫来窗外哀鸣，它一定是前面的病人照顾过的；但他不能带它走，于是我也照顾了它一段日子。我出院后，它一定依旧守在窗边，等第三个爱顾它的人。儿童电视节目里罗杰先生抱着猫唱歌，我记下几句：

Just for once I'm alone,

Just we two, no baby else

But you and me,

You are the only one with me

But you and me

我低低地哼着，哼着，我好想要一只小猫。

蚂蚁报恩

　　小时候，母亲时常告诫我走路不要乱蹦乱跳，不但没有女孩儿家的文静样子，而且也会在无意中踩死许多蚂蚁，造下好多孽。妈妈说蚂蚁是小昆虫中最最会知恩报德的呢。

　　于是她讲了一个外公讲给她听的故事：

　　一只小麻雀在水沟边跳跃玩耍，衔一根小树枝丢在沟里，一只蚂蚁快被水淹死了，幸亏由树枝爬上路面，才没被淹死。那麻雀飞上树梢，一个小孩瞄准他正要开枪，蚂蚁爬上小孩脚背，狠狠咬了他一口，小孩一痛，枪就没射准，麻雀听到枪声，一惊飞跑了。麻雀无意中救了蚂蚁一命，蚂蚁也无意中救了麻雀一命。这也许就是科学家们所谓的"第六感"吧！

　　外公还给我讲了个更有趣的故事：

　　有一个人进京赶考，看见路上一只大蚂蚁胶着在泥淖中，非常可怜，他俯身用树枝将他挑出，放在干燥地方，蚂蚁爬走了。他进京考试完毕后，得知已经考中了，监考官召见他，问他可曾做过什么善事，他想来想去没有。监考官说："你的试卷里，把一个'主'字误写成'王'字，我有点生气，觉得你太粗心了，原不打算录取你的，可是在第二遍再看时，'王'字却变成'主'字了。仔细一看，那一点竟然是只大蚂蚁，不偏不倚，正正确确地停在那里，吹也吹不去。我奇怪蚂蚁居然认得字，帮你点上那一点，想想你一定做过什么善事吧！再一读文章，原来写得非常好，差点被我粗心、漏过了。"这学生听完了，才想起自己用树枝挑蚂蚁救他一命的小事，内心万分感动，莫云小动物无知，他居然知道报恩呢。

这两则蚂蚁报恩的故事，并不能视为迷信。这是佛家所说的因果循环。有一个因，自然种下一个果，善因得善果，恶因得恶果。我们为人，一生的立身行事，焉得不时时心存善念呢？

寂寞的家狗

夜深倚枕读《中华副刊》，读到梁实秋先生写的《一条野狗》（《华副》十一月七日），真可怜那条被两个主人两度抛弃的野狗，已做了五只小狗的妈妈，仍不能获得人类的怜惜，而不免于被捕杀的凄惨结局。使我难过得转侧难以成寐。因为我脑子里也浮现起好多只命运悲惨的狗。但他们不是野狗，而是家狗。家狗应当是呵护得无微不至的，可是我记忆中的那几只家狗，却是被"亲爱的主人"所弃置不顾的。（梁先生写的那只狗，原不也是家狗吗？）

在美国，常常看到行人道上幸福的狗儿，"牵着"主人优游散步，我就会想起那几只呜呜悲鸣的狗来。这个世界，岂止是人类的际遇有幸与不幸，狗的命运，也有天壤之别啊！

二十多年前我们分租一幢平房，刚进门，一只矮矮瘦瘦的狗就向我摇尾迎来。不但毫无敌意，而且一见钟情。我因一向赁屋而居，不许可养狗，如今有一只现成的狗伴，真是喜出望外。立刻丢下待整理的东西，蹲下来和他寒暄攀谈起来。我问主人他叫什么名字，主人说，"狗就叫狗，还要什么名字？"于是我就叫他"快乐（Happy）"。外子笑我身上狗味太重，所以狗那么欢迎我。我说有狗味又何妨？只要不失人味就好。

原来房东最讨厌狗，养狗只为守门防盗。偏偏这只狗胆小如鼠，听到大门外有特别声音就往厨房躲，更难博主人欢心。自我搬去以后，时常带他外出散步，见见世面，他胆子渐渐大了点，也肯管点事儿了。女主人有一次不小心让开水把他背部烫伤，他也毫无怨尤。我悉心为他调治痊愈，他越发与我相依为命起来。我真打算搬家时一定把他带走。

一个冬天的傍晚，我们去看电影，"快乐"一路送我们到公交车站。我们匆匆上车后，却想起大门关了，他一定进不去。那一场电影，我都无心观赏。回家已夜深十二时开门时不见"快乐"来迎接。次晨遍找不得，问主人只是漠不关心地说根本没看见。那两三天里，我一下班回家就到处呼唤，却始终不见踪影。忽然发现寓所附近有一家香肉店，可怜这只被我调养得已渐肥胖的忠厚的狗，无疑地已成了粉身碎骨的盘中餐。我虽不杀伯仁，伯仁为我而死。我真是好难过。如非我一时疏忽，他也不致遭此毒手啊。至于房东，狗丢了正中下怀。我因此写了一篇《失犬记》，不久，一位读者给我送来一双矮矮胖胖的腊肠狗，可是洋狗野性难驯，屋里屋外满处跑，引起房东太太的不满，只好把他送回原主。这件事，到如今，一直耿耿于心。

迁居公寓二楼以后，更难实现养狗的愿望。却看见楼下邻居，把一只大狗终关在天井里。我有时去后阳台晾衣服，向下看看他，友善地和他打招呼。他抬起头来，又跳又摇尾巴，恨不得一下子跳上楼来，可想他有多寂寞，只为主人整天不在家，养他也只为看守门户。我那时已退休，倒是有不少时间，与他楼上楼下地相看两不厌。但他那一对无奈的眼神，总使我感到很不忍。有一天夜晚，忽然听他狂吠起来，一声声非常凄厉，我急忙奔到后阳台，暗黑的暮色中，只看他似在痛苦地挣扎蹦跳。真担心他突然得了什么急病，奔到楼下敲门无人答应。又赶到后阳台，用电筒照他，他似乎听到我喊他的声音，可是只勉强抬了下头就躺在地上不动了。吓得我六神无主，直等到深夜，主人才回来，我急忙下去告诉他狗的事，与他们到后面一看发现狗脖子上套了一条很粗的铁丝，狗被活活勒死了。原来是小偷行窃，先对狗下毒手，听我跑到后阳台，他只好跑了。可怜一条忠心耿耿的狗，就此牺牲了生命。主人庆幸的是小偷行窃未遂，狗，当然还可再养一只。

过不多久，在公寓远远的墙角，忽然来了一个老鞋匠，俯首勤奋地工作着；脚边卧有一只跟他一样邋遢的老狗。我每回经过时，总要停下来看看他们，狗抬起茫然的眼睛看看我。颜元叔先生说得对，狗眼一点也不看人低，他总是抬头望你。我问老鞋匠他叫什么名字，他苦笑一下，摇摇头说："我也不知道他叫什么名字，他本来不是我的，是那边公寓一楼的人家因为又有了一只名贵的小狗，怕他欺侮小狗就把他去掉了。他天天在门外惨叫，头向门槛底下钻，把鼻梁都擦出血来，我看他太可怜，就收留了他。"我一看狗鼻梁上确是有一大块伤痕，不由得怜惜地伸手摸摸他。老鞋匠问我："看你很喜欢狗，你就收留他吧，因为我岁数大了，快要回台南去，也带不走他，可怜他又要当野狗了。"我愣愣地站着，半晌不知如何回答。只好说："等我再想想看吧。"明知这是一句逃避的话。事实上，我明明无法养一只大狗在二楼。那几天，我竟然不敢从老鞋匠身边经过，我怕那只狗一对惶惶然求助的眼神，却又是无法接受他。一星期后，又忍不住再经过那儿，老鞋匠和狗，竟都已经不在了。我心中如有所失。那一分自责的歉疚，久久难以排遣。我总在记挂着，老鞋匠能把狗带走吗？还是他不得不丢下他呢？也许他已为他找到一家好心的主人了。但为什么，那个好心的主人不是我呢？我因而写了一篇《老鞋匠与狗》的儿童故事。把那只狗的归宿写得非常温暖幸福，一来是不忍让小朋友们伤心，二来也是由于一分赎罪的心情吧。

再度迁居到公寓的一楼，为免精神负担，仍无勇气养狗。偏巧右邻一家面包店门口卧着一只彪形大狗，貌虽猙猙然，心地却十分和善。只是他终日被绳子拴着，能活动的就只有店门前方寸之地。我没有问店主他的名字，就随自己的意思，也喊他"快乐"，一声Happy他就知道是喊他，每回都站起来，亲热地和我打招呼，还伸出前脚与我相握。我不由得庆幸自己，无养狗的麻烦，却又享受养狗之乐——多自私的念头啊。可是好景不长，"快乐"不久就显得无精打采的样子。嘴角流着口水，见我也没力气摇尾巴了。原来那些做蛋糕的男工们，没有一个是好好看待他的。平时都是随手扔点面包皮、蛋糕屑给他吃，他饥不择食只好吃了，吃多了油腻的蛋糕，怎能不病呢？我劝他们要带他看医生，他们只是不理睬，还嫌我多事呢！我在想，是否应该由我带他去台大家畜医院治疗呢？可是这么大的狗，我又怎么把他运去呢？一直犹豫着却一筹莫展。便对店里一个时常跟狗玩的小孩说："狗病了，你告诉爸爸妈妈带他去看医生呀。"小孩说："我爸妈不在这里，这是他们的狗，他们说，狗病了，好脏，叫我别碰他。"病狗确实好脏，连我也不敢碰他了。可是每天经过他旁边，心头负荷着一分见死不救的罪孽感。终于，没多几天，他就不见了。我忍不住问那些工人："狗呢？"他们似乎都懒得回答我。小孩大声地说："死掉了啦。"我问他："他是你好朋友，他死了，你难过吗？"他说："难过呀。我要妈妈给我买只小狗。"我劝他："你现在还小，不会照顾小狗，等长大点再养吧。"他说："我会，我要现在就养。小狗长大，我也长大，我要和小狗一起长大。"童子情真，使我于泫然中，禁不住破涕为笑。

这许许多多不幸命运的狗，他们无依的悲苦神情，时常浮现眼前，总使我辗转难安。梁先生文章中说："唯一释怀的方法是把事情写出来，也许写出来心里就会好过一点。"但我现在一桩桩写出来了，不但没有好过一点，反而愈加感触万端。也许是年事日长，心灵愈加脆弱之故吧。有时一个人寂寞地追忆着，竟会泫然欲泣。想想自己，明明是那么爱狗，却又不养狗，岂不是由于自私、不肯负照顾之责呢？而那些不爱狗偏又养狗的人呢，则是另一种自私，自私地利用狗的忠心。再说，有钱人养狗，是为了自我炫耀。只有贫苦之人养狗，像那位落寞的老鞋匠，那才是真正的同病相怜，患难相依啊。

我，只会分出一点点余暇的心情，去抚玩一只不需要我喂养照顾的狗。一到他们有急难，就躲得远远地不顾而去。我能比那些残忍的狗主人好得了多少呢？如今又以余暇的心情，来一一悼念记忆中含悲而死的狗，又能于事何补呢？狗死已矣，他们无怨也无恨。而我的怅憾，似无已时，如此看来，可怜的倒不是狗，而是我自己了。

附记：欣悉九歌出版社已请王大空先生与心岱女士，合编完成《宠物与我》一书。相信其中文章所描写的都是备受宠爱的幸运小动物，无论大人与小朋友们读后，都会更体会饲养小动物的情趣。更有纯文学出版社，于前年费尽苦心，重印丰子恺先生的《护生画集》全套。主旨只在奉劝世人，多多发挥广大的慈悲心，爱惜天地间所有生灵。在处处充满杀机的今世，实在是力挽狂澜的一点苦心吧！

猫缘

在重北住公寓时，邻居一只猫，被搬家的主人所遗弃，他挺着大肚子，在风中雨中流浪。每回我走出阳台，他就会仰起头来对我叫，叫得我好不忍心，就在自己家门口摆一碟饭，一碟水，让他自由从下面大门进来吃，有好多天他忽然不来了，想他一定是找个安全地方生小猫去了。再过些日子，他竟然衔了一只只的小猫，摆在我房门口，他明明是要我负起照顾责任。我只好用个大纸盒垫了旧毛巾让他母子四个有个温暖的窝，但只能放在楼梯通道我的房门外，并在墙上贴张纸条，请小朋友们不要惊扰他们，多多爱护，因小猫不能没有妈妈。

渐渐地，小猫长大了，到处地爬，跌下楼梯就会摔死，大楼管理员又提出抗议不让我再摆。我只好把他们移到四楼一个角落，用木板栏起来。四楼的邻居是位小学老师，非常慈爱，也帮我照顾他们，并在班上问小朋友谁愿收养他们，全体小朋友都举手，看来我的小猫还不够分配呢？可是第二天，全体小朋友都说不能要，因为妈妈不同意。妈妈们都太忙，没时间照顾小猫。我只好托一位文友在她的专栏里写篇文章，征求猫主，才几天就有位幼儿园园长亲自开车来接收母子四猫，她说院子很大，可以养他们，和小朋友们玩，找到这样爱猫的主人，真是幸运。

后来知道那位园长的母亲是位虔诚佛教徒，时常请名家到她那儿，在礼堂讲佛理，我也去听过两次，真是一份因猫结下的善缘呢！

小鸟离巢

邻居房子的侧面木板墙，正对着我家餐室的窗户。木板墙上有个小小的洞，每年春天，总有好多只麻雀飞来，从那洞里进进出出、叽叽喳喳的，似商量又似争吵，显然它们是在木板墙的夹缝中做窝。想来那里面的天地一定相当开阔，筑巢其中，倒是风雨不动安如山呢。

屋主人经过墙外的走道，从不抬头望一眼，对于鸟儿们的聒噪，也充耳不闻。坐在餐室里的我，却是常常望得出神，对邻居的"有凤来仪"，甚是羡慕。也盼望有鸟儿能来我窗外的香柏树上做窝孵小鸟，让我沾点喜气。

盼望竟然没有落空。有一天，一对肚子呈金黄色的漂亮鸟儿，飞来停在我窗外的栏杆上，软语商量了好半天，看中了那株香柏树，就在上面筑起巢来。我真是大喜过望。香柏树离窗子只1米多远，它的枝丫是一层一层有规则地向上生长的。这对鸟夫妻，聪明地选择了最最隐秘、不高不低的第二层。左边是栏杆，可供它们飞来时歇脚；右边另有一株较高大的树，茂密的浓荫覆盖，道路上来往的车辆行人，不会打扰到它们。真正可以说是"良禽择木而栖"。

我只要有空，就坐在窗前看它们工作。母鸟时常停在栏杆上休息，大部分是公鸟任重道远地，不知从哪儿衔来像藤蔓似的长草，在两个枝丫之间，先搭起栋梁，然后衔来深褐色的细枝，纵横编织，很快就把一个窝筑好了。因为离树很近，我可以平视丫杈，直窥堂奥。看那窝的细密精致，真是巧夺天工。我第一次亲眼看鸟儿衔枝筑巢，以至吉屋落成，内心的那一份喜悦，无可名状。同时也体会到童年时代，双亲晓谕我们，不可破坏鸟巢的深意。

这对鸟夫妻，飞来时总在栏杆上停留下来，观察四周，侧耳倾听一番，然后飞到窝里休息片刻，又从另一面的树荫下飞出去，进出的方向有定，一丝不乱。它们对于自己辛苦经营的房屋，似颇踌躇满志。对我这个守着窗儿、与它们相看两不厌的人，也颇表欢迎。

我偶然开门走出去，靠近栏杆，它们也并不飞走，但对我撒在栏杆上款待它们的南瓜子仁，却毫无兴趣。可见它们并不是因为食物才亲近我，而是因为对我由衷的信任。

有一天，看见母鸟从窝里出来，停在栏杆上东张西望，我一看巢里已经有三枚小小的蛋，碧绿如翡翠。原来公鸟急急筑窝，是因为妻子即将生产。一会儿它飞回来，衔了一条虫喂给爱妻，给她产后进补，其体贴负责，令人感动。

从此以后，母鸟大部分时间都在窝里孵蛋。公鸟偶然飞回来，站在窝边，母鸟立刻就飞走，大概是出去舒展一下筋骨吧！它们的分工明确，配合密切。

约莫半个月（可惜我没有记录时间），三只小鸟孵出来了。

我看见三个大头摇摇晃晃地，伸着细长的脖子，闭着眼睛，黄黄的嘴巴张得像三个漏斗一般，等待父母喂它们，真正是嗷嗷待哺的黄口小儿。它们吃饱了就挤在一起睡觉，一听父母的羽翼在空中振动的声音，自远而近，三张嘴巴就马上张得大大的，等待美味落入口中。轻风吹来，它们头上纤细的绒毛微微飘动，煞是可爱。令人惊叹的是，父母亲喂三个儿女，都非常公平。食物的分量，也是逐渐增加的。起初是细细小小的一条条小虫，渐渐地衔来较大的，不知是什么山珍海味，反正小雏吃得愈来愈健壮了。

如天气变化，母鸟就立刻飞回蹲在窝中，张开翅膀覆盖小鸟。有一次，大雨倾盆，香柏树东摇西摆，我好担心窝会被吹落，禁不住连声念佛，保佑它们平安无事。不一会儿，雨过天晴，母鸟飞到栏杆上，拍拍翅膀，抖落了全身雨水，一边侧头向我看，仿佛告诉我："你放心好了。任何狂风暴雨，我都能适应，因为我们是在风雨阴晴、瞬息万变的气候中长大的。"此时，窝中小雏，又在伸长脖子，向母亲讨吃的了。

这一段辛苦的哺喂抚育过程，我在窗前看得清清楚楚，和电视荧幕的特写镜头一般无二。

小雏渐渐长大了，头上白白纤细的胎毛逐渐脱去，浑身羽毛丰满起来。母鸟不在时，它们争着站起来，张开小小的翅膀，拍拍身子，或是你踩我、我踩你，彼此顽皮地对啄着。看来，巢已经显得太小了，母亲回来时，就站在边上爱怜地看着儿女们，不时啄啄它们的头，梳理一下它们的羽毛。此时，公鸟的喂食，愈来愈勤，因为孩子们的食量增加了。有趣的是公鸟一来与母鸟打个照面，母鸟就马上飞走，它们的合作劳逸均匀，看来自有默契。

一只比较强壮的小鸟，忽然跳出窝来，站在窝边的树枝上，摇摇晃晃。另外两个较胆小的小鸟撑起脖子愣愣地望着它。这时，母亲回来了，向它头上一啄，它马上跳回窝里。不听话，挨骂了。

可是儿女们长大了，终究是留不住的，尽管父母亲轮流地继续喂它们、守着它们，它们却时时刻刻地振翅欲飞。这一天，我真是茶饭不思，一刻也不愿离开窗口，心情十分沉重。因为才半天时间，三只小鸟都先后跳出窝，停在旁边大树的枝叶浓密之处了。我费了好长时间才发现它们。它们定定地站着，似在观察周围的环境，对自己出生长大的窝却似一无留恋。母鸟停在栏杆上，喉中发出"咕咕咕"的声音，应该是对离巢儿女的反复叮咛吧！它一定是说："今后海阔天空，父母手足都不再相逢，不再相认，一切都要自己小心啊！"我自恨没有公冶长的本领，能通鸟语。但骨肉分离的悲苦，凡是动物，何能有异呢？

才转瞬间，三只小鸟都倏然而逝，飞得无影无踪了。我亦怅然若有所失。抬头看它们的父母，正双双停在对面屋脊上。是在目送远走高飞、不复反顾的儿女呢？还是在俯望空空的旧巢，夫妻相互慰藉呢？

　　从此它们再没有回来，窗外一月多来欣欣向荣的热闹，顿归寂静。而我呢？眼看它们辛苦筑巢孵蛋，辛苦抚育儿女长大，终至离巢而去，心中的怅惘，有如亲身经历了一场人世的离合悲欢。

　　一阵风雨过后，空巢终被吹落在泥土里。外子怜惜地把它捡进来，收在一个纸匣里，叹息地说："留作纪念吧！"

爱犬艾玛

　　曾看过一部电视长片，是一个盲人复明的故事。她本来一直依赖一只忠心耿耿的爱犬艾玛带路，每天安全地去上课、购物，生活得和正常人一般。后来医生告诉她眼睛动手术有复明希望，她反倒犹疑了。因为她平静的心情，正习惯于原来的生活，生怕一旦面对陌生景象，会使她感到幻灭，她宁可把美好留在想象中。她的好友劝她说："你有勇气排除目不能视的不便，为何没勇气迎接光明呢？"她笑笑说："我觉得有艾玛就够了。"

　　但最后她还是接受劝告，手术幸运地很成功，她重见光明时，当然第一眼看到的就是那位好友和旦夕相依的艾玛。她紧紧搂着他说："艾玛，我好爱你，虽然你不用再为我带路，但我要你永远陪在身边。"

　　盲人蹒跚地走过闹区的街心，差点被车撞倒，手里的纸包食物撒了一地。她连忙过去帮忙捡起，照顾她坐在公园椅子里，望着盲者一脸惊惶无助的神情，再看看自己手中牵着的爱犬，她心中默默地做了最大的决定。辗转了一夜，她抱着爱犬，喃喃地对他说："艾玛，你知道我多么爱你，多么舍不得你，但你教了我如何爱别人，如何帮助别人，如何信赖别人。艾玛，现在那位盲人比我更需要你，我不得不让你去陪伴她，艾玛你去吧！"艾玛，也像要哭的样子，依依地被她朋友牵走了。

　　看了真感动。如多有这类散布爱的电影，社会也可能多一点祥和之气吧！

静夜良伴

　　夜深倚枕阅读，鼻子尖上忽觉痒酥酥的，垂下眼睛一看，原来是一只比芝麻细的小飞虫，停在"山顶"上休息。这时，我只要伸出一个指头一抹，他就马上粉身碎骨，成为一小点灰土，再用嘴一吹，它就化为乌有了。听不到他一声悲惨的喊叫，看不到他一丝痛苦的挣扎。在这微弱的小飞虫之前，我真的是这般伟大，足以自豪吗？但我心头却只有惶惑与凄然，想想自己这几天里，左脚轻微扭伤，举步艰难，就感到十分地无依无助。日前切菜不慎伤了手指，血流如注，痛彻肺肝，心中惊恐万状。造物主赋予我们的生命是坚韧的，却也是脆弱的。让你在安全中享受生之喜悦，也让你在危难中作痛苦的挣扎。你纵有无比的勇气、智慧、毅力，可是在生死关头，却是一点不由得你自己做主。如今，我却要去毁灭一个毫无敌意，也毫无抵抗的小生命，我真为自己的残忍感到羞耻呢！

　　我一直这么想着，看小虫慢慢地由鼻子尖爬到嘴唇边，我轻轻把手背伸过去，他丝毫也不惊吓，顺理成章地爬上我的手背。我仔细地看他。原来那么细微的一粒小虫，竟长得非常端正、秀气。头上两根秋毫似的触须，不时摆动着，小脚在交换搓动，薄得几乎看不见的两片翅膀微微张开又合拢，他是在这一片广阔的平原上无忧无虑地漫步呢！温暖的灯光照着他，在他一定有如春阳普照吧？看他这么自在快乐，懵然不知死亡可随时来临，我，怎忍心不给他一分安全感呢？不，我并没资格给他安全感，如同我并没资格夺取他的生命一样，他原当有他生存的权利的。好像是日本的，一茶和尚的诗："不要打他，苍蝇正在搓着他的手、他的脚呢！"生命是多么美妙与庄严啊！

我呆呆地望着小虫，他不时飞起，又不时停下。停在我的手臂上、书上、摇动的笔杆上，透明的小翅膀有时抖动一下，是在伸懒腰吧？我不由得笑了。

我忽然觉得在这夜深人静之时，自己与小飞虫，形体上虽是一大一小，生存在同一时间与空间之中，呼吸着同一种空气，在造物主眼中，都只是朝菌蟪蛄般的渺小。他虽默然无声，我们却脉脉相对，但我似乎感觉得出来，他把我当作朋友，或者当作是一座山也说不定。总之，他是惬意极了。于是我傻傻地低声对他说："我疲倦了，要关灯休息哦，明天再见。"他也似傻傻地听着。关灯以后，他就没再来惊扰我。

第二天，我就把他忘了。可是一到夜晚，刚捻亮灯，靠在枕上，他又悠闲地飞来了。像个老朋友似的，一下子就直接停在我手指头上，有点顽皮恶作剧的样子。我尖起嘴轻轻一吹，真是一阵狂风呢，好抱歉地把他吹得老远，他一定吓着了，半天再飞来。可是灯光是温暖的，空气是沉静安详的，不一会他又回来了。审慎地停在书页上，慢慢爬行一阵，感到放心了，才把翅膀收敛起来。我也恶作剧地张嘴用微微的热气去呵他，他触须抖动一下，没有飞走，知道我在跟他逗着玩。真是个聪明的小精灵呢！

他已是第四个深夜来陪伴我了。但愿他"长命百岁"，乐享天年，让我们结个忘忧之伴吧。